信貴山忠義

北近江合戦心得〈五〉

井原忠政

小学館

目次

◇近江界隈之図

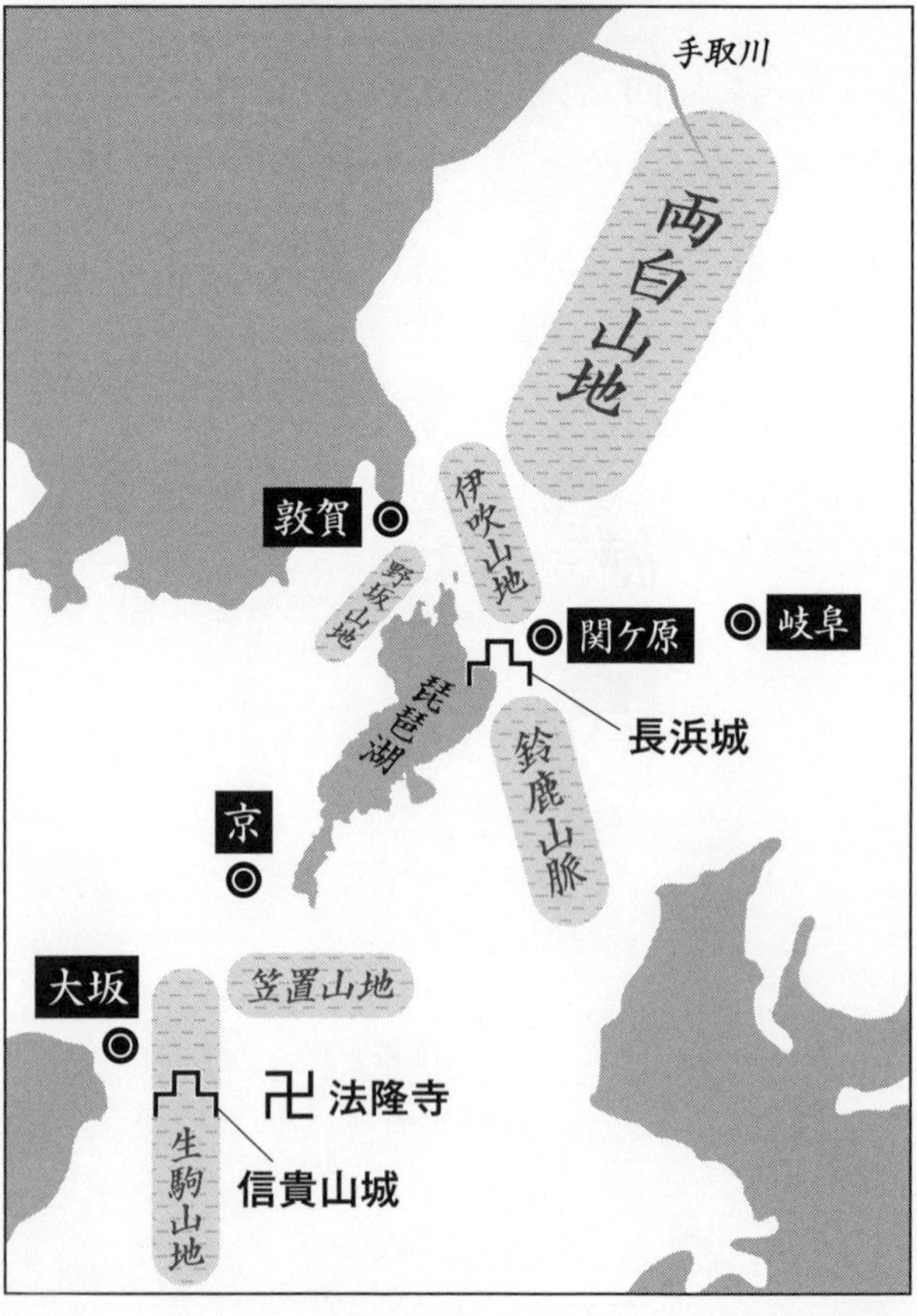
手取川
両白山地
伊吹山地
敦賀
野坂山地
関ケ原
岐阜
琵琶湖
長浜城
鈴鹿山脈
京
大坂
笠置山地
法隆寺
生駒山地
信貴山城

◇信貴山城攻城之図

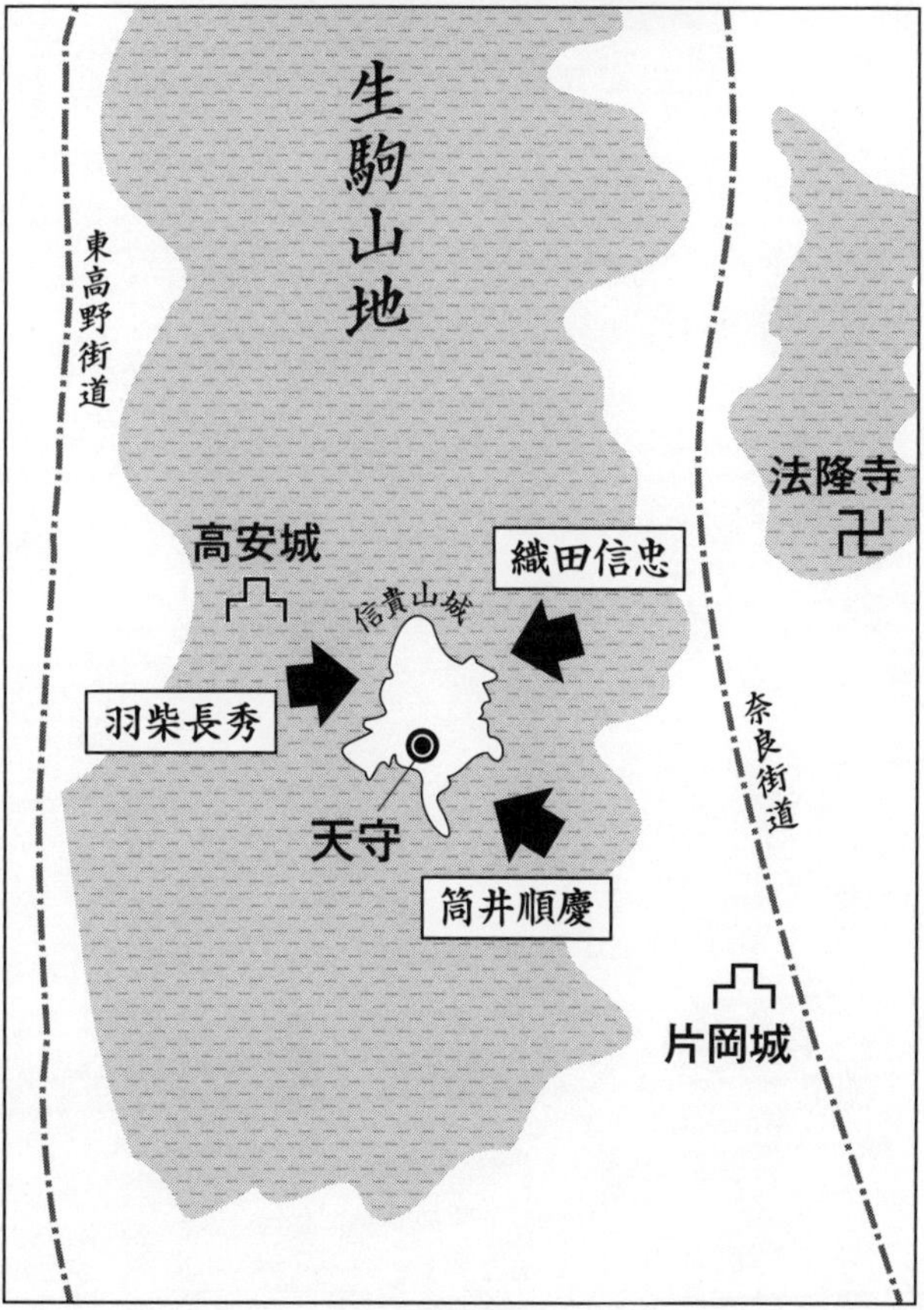

信貴山忠義

北近江合戦心得〈五〉

登場人物

大石与一郎《おおいしよいちろう》　浅井《あざい》家家臣・遠藤喜右衛門《えんどうきえもん》の嫡男で、弓馬の名手。「大石」と姓を変え羽柴家に仕える。

武原弁造《たけはらべんぞう》　与一郎の家来。六尺二寸の巨漢で、元は関ケ原松尾山の山賊頭。

大和田左門《おおわださもん》　与一郎の家来。元は鯖江の地侍。常に大きな頭陀袋《ずだぶくろ》を背負っている。

大和田宗衛門《おおわだそうえもん》　与一郎の家来。左門の叔父。最年長で思慮深い性格。

森義介《もりぎすけ》　与一郎の家来。最年少で、韋駄天《いだてん》の足を持つ。

於弦《おつる》（弦丸）　与一郎の乳母・紀伊《きい》の義理の娘で、敦賀の女猟師。一度は与一郎と将来を誓い合うも、七里頼周《しちりよりちか》の子を身籠った。

虎松《とらまつ》　与一郎の家来。年長で、家事全般を器用にこなす。

羽柴秀吉《はしばひでよし》　後の豊臣《とよとみ》秀吉。与一郎と取引し、浅井長政《ながまさ》の遺児・万寿丸《まんじゅまる》を匿う。

羽柴長秀《はしばながひで》　後の豊臣秀長《ひでなが》。秀吉の実弟。通り名・小一郎《こいちろう》。

藤堂高虎《とうどうたかとら》　長秀の家臣。与一郎が足軽だった頃は小頭で、与吉《よきち》と名乗っていた。今は朋輩としての付き合い。

於市《おいち》　織田信長《おだのぶなが》の妹。故浅井長政の元正室。

序章　岐路

　時は天正《てんしょう》五年（一五七七）八月七日の夜。

　所は越前《えちぜん》国北ノ庄《きたのしょう》城《じょう》――一昨年（一五七五）に柴田勝家《しばたかついえ》が完成させた巨城だ。本丸には、なんと七層の天守が聳《そび》えている。安土城の着工が天正四年（一五七六）で、天主の完成予定が天正七年（一五七九）だというから、北ノ庄城天守の方が安土城天主より、明らかに早い。

　明日八月八日未明をもって、勝家に率いられた織田《おだ》軍四万は、越後《えちご》の覇者上杉《うえすぎ》謙信《けんしん》と雌雄《しゆう》を決すべく、加賀《かが》国から能登《のと》国、越中《えっちゅう》国への侵攻を開始する。羽柴《はしば》秀吉《ひでよし》、丹羽長秀《にわながひで》、滝川一益《たきがわかずます》ら「綺羅《きら》、星の如《ごと》き織田家の諸将」が各地から来援、寄騎《よりき》として勝家の麾下《きか》に入り、ともに戦うことが決まっていた。

　北陸の支配をめぐっての大合戦が、今まさに始まろうとしている。

北ノ庄城内に与えられた居室で、羽柴筑前守《ちくぜんのかみ》秀吉は、実弟の羽柴小一郎長秀《こいちろうながひで》と密談していた。

「こんなとれェ戦《いくさ》、やっとれるかいな」

「兄さ……お声が大きいですがね」

今回の北陸遠征に、どうしても気の乗らない兄を、弟が小声で諫《いさ》めた。

「謙信に勝てば、権六《ごんろく》（柴田勝家）の野郎の手柄だわ。ほんでよォ。敗《ま》けたら敗けたで、権六は我らの所為《せい》にしよるぜェ」

「まあね……あのお方は、そおゆうところが無くもねェですわなァ」

そおゆうところ——鬼柴田と怖《おそ》れられた次席家老、文武において赫々《かっかく》たる実績を誇る勝家が、織田家内で今一つ人気が出ない所以《ゆえん》であった。

「決まっとるがね。勝っても敗けても、ちいともワシの得にはならねェのよ」

実は秀吉、この秋から開始される中国遠征の指揮を執ることが内定している。毛利《もうり》は強大だ。所領は十ヶ国に及び、百二十万石を誇る。直前の北陸遠征で消耗しては、肝心の毛利相手に不覚をとりかねない。

「ほどほどにしとかんとな。ここで全力を尽くす奴《やつ》は阿呆《あほう》よ」

「手を抜くとゆうことですかいな？」

「ほうだがや。無闇矢鱈《むやみやたら》と頑張るのもええが、時と場所を選ばんと大損するからのう。長生きできんぞ」

「でも、それこそ修理《しゆり》様が上様に『秀吉は手抜き』と讒言《ざんげん》されるのでは？」

勝家は一昨年（天正三年）の七月に、秀吉や明智光秀《あけちみつひで》、滝川一益らとともに官職を受けた。秀吉は筑前守、光秀は日向守《ひゆうがのかみ》、一益は左近将監《さこんしようげん》、勝家は修理亮《しゆりのすけ》にそれぞれ任じられた。位階は、筑前守と修理亮が従五位下で、左近将監と日向守は正六位上である。やはり勝家と秀吉は互いに競争相手《ライバル》なのだ。

「そこは、ま、ワシ流の愛嬌《あいきよう》で乗り切るがね」

「愛嬌って……できますのか？」

兄の無計画性に呆《あき》れた長秀が質《ただ》した。

「そりゃ、おまん……」

ここで、言葉に詰まった秀吉が癇癪《かんしやく》を起こした。月代《さかやき》まで赤くなるから怒っているのはすぐに分かる。

「そもそもがよォ」

拳を握り、己《おの》が太腿《ふともも》を叩《たた》いて吼えた。

「何年かかるか分からねェ毛利攻めを前にして、ワシを北陸くんだりにまで出張らす上様も上様だよなァ」

「兄さ駄目だァ……上様の批評だけは駄目ですがね」

長秀、抱きつくようにして兄を諫めた。

基本、信長《のぶなが》は猜疑心《さいぎしん》の塊だ。極めつきの気分屋だから脇の甘いところも時には出るが、概《おお》ね誰も信用していない。家臣たちが自分を批評すると激高する。

「ワシはさァ。早ェうちに北陸から兵を退《ひ》こうと思うとるのよ」

「それができればええですが」

「ま、多少の軋轢《あつれき》は仕方がねェわな。一番大事なのは毛利戦よ」

中国征伐で結果さえ出せば、些細《ささい》な統制違反など「不問に付される」と秀吉は言うのだ。勝手に兵を退くことが「些細」か否かは別にして、長秀もそこには同意だ。ただ、相手は強敵の毛利である。結果はすぐには出ない。グズグズしていると、信長からの譴責《けんせき》が先にきてしまう。

「だからさァ」

と、秀吉は懐《ふところ》から几帳面《きちょうめん》に折り畳まれた一枚の絵図を取り出し、畳の上に広げた。決して大きなものではないが、今までみたこともないほど、詳密に描かれた播磨《はりま》国とその周辺の絵図である。よほど幾度も、折って開いてを繰り返したものらしく、折り目がボロボロだ。

「まずは播磨一国を完全に抑え、毛利攻めの拠点とする」

と、右掌《てのひら》で「姫路《ひめじ》」と書かれた辺りをパンパンと叩いた。その右手には指が六本ある。現代で言えば多指症《たししよう》であろう。本人がまったく気にしていないので、長秀たち家来も気を回すことはない。気に入った家臣に酷《ひど》い渾名《あだな》をつける信長は当初、秀吉を「六つ」と呼んでいた。いつの間にか「猿」と呼ぶようになったのは、信長なりの配慮だったのかも知れない。ただ、秀吉には「指の数が多いからなんや？　少ないよりは多い方がええやろ」的な気概があって、どちらの渾名でも意に介さなかった。長秀は、兄のその図太さ、心の強さが無性に好きだし羨ましい。自分にはない資質だけに憧れる。

「できれば一ヶ月《ひとつき》で播磨を完全に平定してみせる」

「ひ、一ヶ月《ひとつき》で⁉」

冗談かとも思ったが、兄の顔は至って真面目である。

「例の官兵衛《かんべえ》が、動いてくれておる」

「ほう、小寺孝隆《こでらよしたか》殿が」

小寺孝隆は播磨の豪族小寺政職《こでらまさもと》の家老で、姫路城代を務める知恵者だ。世情を読み、積極的に織田家に接近、天正元年には信長にも拝謁した。その仲立ちをした秀吉とは馬が合い、今では小寺家重臣というより、まるで羽柴家重臣のように振舞っている。後の孝高《よしたか》こと黒田《くろだ》官兵衛如水《じょすい》である。

官兵衛は、小寺家から預かっている姫路城を秀吉に明け渡し、勝手に使わせてくれるそうな。今こうして北陸の地にいながらにして、すでに秀吉は「播磨征服の拠点」を確保していたことになる。

「播磨は、小豪族が群雄割拠しとるがね」

まさにその通りで、形の上では播磨守護の赤松《あかまつ》を筆頭に、小寺、三木《みき》、明石《あかし》、別所《べっしょ》と多士済々《たしさいさい》である。ただ、大勢力がいないので、織田か毛利、どちらかにつかねばならない。中立は許されない。昨年までは、織田と毛利は表面上、敵対関係にはなかったが、昨年の石山《いしやま》合戦、木津《きづ》川《がわ》口の海戦以降、完全に対立関係に陥った。「織田か？」「毛利か？」播磨の諸将は、今猛烈な葛藤の中にいる。

「一応、播磨衆は織田家に味方しているようだが、裏では毛利とも繫《つな》がっているはずよ」

「両股をかけていると？」

「ほうだがや。当然やがね」

小豪族たちは、自家の存亡をかけてギリギリの選択を迫られている。不実なようだが、決して責められないのだ。

「そこで、播磨生まれの官兵衛殿が登場するわけさ」

「なるほど」

「官兵衛は現在、播磨衆の織田家への忠誠が揺らぐことがないよう、播磨中を飛び回り、個々に説得してくれとるんだわ」

「それで一ヶ月《ひとつき》と？」

「うんうん」

秀吉はニッコリと微笑《ほほえ》み、幾度も頷《うなず》いた。

「播磨の西方にある上月城《こうづきじょう》が毛利側だがね。あそこさえ落とせば、播磨はほぼ平定したことになるわな」

一ヶ月《ひとつき》かどうかはさておき、電撃的に播磨を抑えれば、信長も、秀吉が勝家の命令に服さなかった云々《うんぬん》は、不問に付すしかないはずだ。

「そこでな、もう一つ欲をかこうと思うとる」

「欲を？」

「うん。おまんに兵を三千預ける」

秀吉が上月城を攻めている間に、長秀は秀吉本隊とは別行動をとる。単独で北上し但馬《たじま》国を攻略する。当面は、生野《いくの》銀山と竹田城《たけだじょう》の奪取が先途《せんど》となろう。

秀吉軍の本拠地となる姫路から生野銀山、竹田城までの地理と政情の情報収集のために「心きいたる者を、すぐにも派遣せよ」と秀吉は求めた。長秀は大石与《おおいしよ》一郎《いちろう》を推薦したが、秀吉は首を縦に振らない。

「野郎には、別の役目がある」

「ほう、それはどのような?」

「於市御寮人《おいちごりようにん》との橋渡しだがね、へへへ」

(お、女かい……兄さ、大丈夫かね?)

「な、なるほど」

長秀は思う。今後、女色は兄の弱点になるのかも知れない。ただ、与一郎が恋の仲介役に使われている限り、自分が、兄と於市との進展状況を知ることができる。もし秀吉に「行き過ぎ」を感じたら、すぐに対応することが可能だ。

(そう思えば、与一郎が仲介役に使われるのは、ワシにとっても益があるわな。よし、与一郎は於市御寮人の掛かりで決まりだわ)

長秀は、与一郎の代わりに藤堂高虎《とうどうたかとら》を偵察役として推挙した。

「藤堂？　ああ、あのデカい奴か。使えるのか？」

「腹が据わっており、仕事が確かな男にござる」

「ほうかい」

秀吉は了承し、姫路城の協力者黒田官兵衛の下で「但馬方面の情報収集に従事させる」ように命じた。

ともに弘治《こうじ》二年（一五五六）の生まれの朋輩《ほうばい》同士で、羽柴長秀家臣として三百石（高虎）と四百石（与一郎）を食《は》む二人の若者の運命が、この夜、右と左に大きく別れた。

第一章　女難の季節

一

それは奇妙な光景であった。

翌朝、柴田勝家率いる織田軍は北方へ向かい進軍を開始したのだが、与一郎と藤堂高虎の主従合計十二人は、逆方向の南へ向けて歩き始めた。

「なんだか、我らだけ仲間外れにされた気がしますなァ」

「お役目や、仕方あるまいよ」

長大な百匁《もんめ》筒を肩に担ぎ、馬の後を歩く巨漢武原弁造《たけはらべんぞう》の愚痴に、悍馬《かんば》雪風《ゆきかぜ》の鞍上《あんじょう》から与一郎が答えた。第一の家来に振り返ることもなく、前方を向いたままの気のない返事だ。

「岐阜で如何《いか》なるお役目が待っておるのでござるか？」

やはり雪風の後方から、大きな頭陀袋《ずだぶくろ》を担いだ小太りの大和田左門《おおわださもん》が質した。

「それは……お前らにも内緒や」

今度は振り返って左門に答えた。ふと、左門の傍らを歩く弓足軽の弦丸《つるまる》と目が合った。「面頬《めんぼお》の弓足軽」と羽柴家内では噂《うわさ》の弦丸だが、今はさすがに面頬は腰にぶら下げている。弦丸はニコッと笑いかけたが、与一郎は視線を逸らした。

弦丸は男装の麗人である。元は於弦《おつる》という美しい女猟師だった。与一郎とは夫婦約束まで交わした仲だが、その後いろいろとあって、一向宗《いっこうしゅう》坊官の子を産んだ。今は毒矢を得物として与一郎に仕えている。

「家臣にも言うなと、殿様から厳命されとるのや」

さすがに、主人の長秀が戦に赴き、朋輩の高虎が密命を帯びて敵地に潜入しようとするときに、自分一人が「中年男（秀吉）の恋の仲立ちをしに、岐阜まで参る」とは云《い》い難い。

（俺だけ、武士《もののふ》として使い物にならんとの烙印《らくいん》を押されたようなもんや。家来たちにまで愛想を尽かされたら一大事や）

だから言わない。

与一郎主従六人——与一郎、弁造、左門、弦丸に、韋駄天《いだてん》の森義介《もりぎすけ》、雪風の轡《くつわ》をとる従僕の虎松《とらまつ》——の間に空疎な沈黙が流れた。対して前を往《ゆ》く高虎主従六名は、互いに冗談を言い合いつつ、楽しげに旅を続けている。士気が高い。

（糞《くそ》ッ。人の上に立つ者としての器の差か……与吉〈高虎〉の奴は、俺と違って人を逸らさないからなァ）

「なあ、与吉？」

与一郎、前を馬で往く藤堂高虎に声をかけた。高虎はすぐに振り返ってくれた。大柄で実直な男だ。癇癪持ちで喧嘩《けんか》っ早く、幾度も主人を替えたが、現在は羽柴長秀に仕えてようやく落ち着いている。与一郎のよき朋輩だ。

「お前、播磨国に伝手《つて》でもあるのか？」

「ないよ」

「大変やろ？　どうやって隠密なんぞやる？」

「手立ては考えとる。どうにかなるさ。でも、そこはお前と一緒や。お役目のことは詳しく話せん」

（ま、そりゃそうやろな）

「播磨か……」

高虎への羨望が、声となって出た。

播磨の小豪族たちは現在、押しなべて織田家についている。しかし、織田領と毛利領に挟まれた緩衝地帯だ。両陣営からの働きかけは常にあり、いつも動揺していた。高虎のお役目もなかなかに大変そうだ。

（俺は本願寺攻めで摂津《せっつ》までは行ったが、播磨はさらにその西か……遠いなァ）

高虎主従は、敦賀《つるが》から西へ行き、小浜《おばま》を経て丹波《たんば》山中の隘路《あいろ》を南西へと進み、姫路に至る。全長七十里（約二百八十キロ）の大遠征だ。対する与一郎は敦賀から南へ下り、野坂《のさか》山地を越えて琵琶《びわ》湖畔に出る。東山道《とうさんどう》を東へ進み、関ケ原《せきはら》を経て於市のいる岐阜城まで行く。

（大体三十五里〈約百四十キロ〉か、与吉の半分やなァ）

今後侵攻する土地の情勢を探る大冒険の旅——高虎が羨ましかった。

柴田勝家は、もし此度《こたび》の遠征で上杉謙信を破ることができれば、その褒美として「於市様を妻に迎えたい」と信長に直訴するつもりであるらしい。秀吉もウカウカしていられない。

その夜は越前府中城に頼み込み、一夜の宿を借りた。城主は秀吉とは清洲《きよす》以来の朋輩、前田利家《まえだとしいえ》である。明日からは、敦賀まで伊吹《いぶき》山地の北端の山塊を歩く、栃《とち》ノ木《き》峠越えだ。

府中城内に与えられた宿舎で、与一郎は高虎と話し込んだ。

詳しい内容（恋の仲介役）こそ明かさなかったが、与一郎がお役目に「下らんお役目や」と零《こぼ》すと、高虎は朋輩の不料簡《ふりょうけん》を窘《たしな》めた。

「そんなことを申すな。どんなお役目も、前向きに、本気で取り組むべきや」

「そうはゆうても、気の進まないこともあるさ。お前だってあるやろ、やる気の出ないお役目がさ」

「そら、なくはない。でも、腹の中にグッと押し込めて、お前のように顔や態度には出さんぞ」

「ふん、偉そうに申すな」

与一郎が冷笑し、さらに続けた。

「お前、あちこちで喧嘩して、奉公先を幾つも替えとるやないか」

「阿呆ッ。それは駆け出しのころの話や。今は違う。経験から学んだんや」

高虎の初陣は与一郎と同じで、元亀《げんき》元年（一五七〇）姉川の戦いである。浅井《あざい》家の重臣磯野員昌《いそのかずまさ》に仕えていた。その後、刃傷沙汰《にんじょうざた》や不服従で幾度か主人を替えた。天正元年（一五七三）の浅井家滅亡時には、浅井側から織田側へと寝返った阿閉《あつじ》家の徒武者《かち》で、そのまま織田家の家臣となった経緯がある。

ちなみに、阿閉家の長男は、与一郎の幼馴染《おさななじみ》の万五郎《まんごろう》で、長女は与一郎の許嫁《いいなずけ》であった於絹《おきぬ》である。現在は、秀吉の愛妾《あいしょう》の一人だ。その縁で万五郎は秀吉から厚遇されており、今も居城の山本山城《やまもとやまじょう》に盤踞《ばんきょ》している。

万五郎には「浅井万福丸《まんぷくまる》殺し」を手助けした疑惑がある。しかし、今の彼は羽柴家の重臣だ。秀吉の弟の家来にしか過ぎない与一郎では、手が出ない。

(阿閉家のことは考えんようにせねばなァ。万五郎や於絹殿のこと、考えれば考えるほど腹が煮えるだけや)

それがいい。力が到底及ばぬことなら、忘れるに限る——話を高虎に戻そう。

「俺は長秀様に仕えるまでに、幾度か主人を替えた。だからこそ分かるんや」

武辺者を求めていた長秀は、高虎を天正四年（一五七六）に召し抱えた。

「長秀様は『当たり』やな。仕える殿様としては最高や」

「そんなにええのか。たとえばどんなとこが？」

「そうさのう」

高虎は少し首を捻《ひね》り、考えていたが、やがて口を開いた。

「与一郎、逆に訊《き》くが、仕えるべき主人とはなんやと思う？」

「それは決まっとる。故浅井長政公のようなお方や」

「それでは分からん。俺は近江《おうみ》者だが地侍の出や。長政公など口をきいたこともないわ。ええか与一郎、大丈夫《だいじようふ》たる者が仕えるべき主人とはな」

高虎、ここで口を閉じ、息を大きく吸い込んだ。そして——

「己が価値を、正当に評価してくれる殿様や。そこに尽きる」

と、一気に語った。「長秀様に勝る主人は居らん」とさらに付け足した。

「与一郎、考え方ひとつや。秀吉公の命で動くのではなく、長秀様の喜ぶ顔を思い浮かべるべし。意にそぐわぬ役目でも全力を尽くせるぞ」

「そうかのう。長秀様のお顔をのう」

下膨れの福々しい容貌だ。大きな体軀《たいく》と併せて、与一郎は時折「牛に似ておられる」と感じる。兄の秀吉が「猿似」だから、猿と牛の兄弟か。

「ハハ、分かったよ。やってみるわ」

高虎の言葉に一応は頷いた与一郎だったが、心中では首を傾《かし》げていた。

今まで高虎は「結局は自分やろ。己が一族郎党を守るために俺は戦う。忠義？それは武士として生きるための方便やがな」そう言って憚《はばか》らない男だったのだ。

今さら、主人の喜ぶ顔だけを思って「嫌な役目も頑張れ」と殊勝に励まされても戸惑うばかりだ。それに、長秀は穏やかな性格で心正しき主だが、兄秀吉ほどの才覚はない。凡庸な人物にも思える。

（与吉の奴、宗旨替えでもしたのかな？）

与一郎も高虎もまだ二十二歳だ。思想も考え方もいろいろと変わって当然だ。

翌日、栃ノ木峠を越えて敦賀へと出た。敦賀には弦丸の実家がある。父親の地侍・木村喜内之介《きむらきないのすけ》の屋敷だ。喜内之介の後妻にして弦丸の義母は、与一郎の乳母を務めた紀伊《きい》である。本来なら一夜の宿を借りるところだが――

「嫌だ。家には寄らない」

と、山道を下りながら、弦丸が頑《かたく》なに拒絶した。一昨年に産んだ子供が数えで三歳となっており、可愛《かわい》い盛りだろうし、一度会ったら離れられなくなるから「寄りたくない」という。

「皆に迷惑がかかる。一度は捨てた子や。もう忘れた。顔を見れば情が移る、未練が出る」

と、歩きながら肩を落とし、密《ひそ》かに涙を拭った。

「未練が出てなにが悪い？　情が移るのが当たり前や」

家臣筆頭の弁造が、励ますように弦丸の肩を叩いた。

「お前が産んだ子や。お前の気持ちを殿も身共《みども》らも尊重する。応援するから」

「お、応援してくれるのか？」

弦丸が顔を上げた。

「武士に二言《にごん》はない」

弦丸と弁造の遣《や》り取りを聞いていた雪風鞍上の与一郎と、その傍らを歩く左門と家来たちが相次いで頷いた。皆、仲間なのだ。助け合おう。

「でも、やはり無理や。殿に迷惑がかかる」

この場合の「殿」は、与一郎を指す。

「そんなこたァねェ」

弁造が弦丸の悲観的な発言を、大きな身振りで遮《さえぎ》った。

「お前が弦丸から於弦に戻り、子供と暮らす道を選んでも、身共らは誰も文句を言わねェ。お前がおらんでも、それなりにやっていくさ」

「弁造さん、あんた、なにを言ってる？」

弦丸が怪訝《けげん》そうな顔で弁造を見た。

「だから、お前は実家で倅《せがれ》と暮らすんや。それはそれでええと身共はゆうとる」

「なんのことだ、私はそんなこと一言もゆうてない」

意外な答えに、全員が足を止め、弦丸の顔を見た。少し前を行っていた高虎主従は気づかずにドンドン先に行ってしまう。

「では弦丸。『皆に迷惑がかかる』とは如何なる意にござるか？」

頭陀袋を背負い直しながら左門が質した。

「そりゃ、私が子を背負って戦場に立てば、ま、それなりにいろいろと迷惑が……」

「こ、子供を背負って戦場に立つやと？　ど、どういうことや」

弁造が目を剝《む》いた。

「だから、実家に戻って子供の顔を見たら離れられんようになるやろ」

「うんうん」

一同が頷いた。

「でも、私は与一郎様の家来や」

「然《しか》り然り」

「出陣となれば、当然、引き取った子供を背中に背負って戦場に立つわいな」

「阿呆ッ」

ジッと聞いていた与一郎が、馬上で吼えた。

「子に会って離れ難《がた》くなるところまではええわい。引き取って育てるのもええ。問題はその後や。どうして子供を背負って戦場に立つことになる？」

「それが母心とゆうもんや」

「馬鹿者がッ！　そんな母心、子供が大迷惑だわ！　逆に聞くがなァ。お前、子供を背負って狩りに行くのか？」

「まさか、か、狩りは危ないから」

「な……」

与一郎と弁造と左門は呆れて天を仰ぎ、義介と虎松は吹き出した。

二

結局その夜は、高虎主従共々、木村喜内之介の屋敷に泊まることになった。喜内之介は地侍と言っても山仕事を生業《なりわい》としている。敦賀郊外の衣掛《きぬかけ》山にある木村屋敷は、山で働く荒くれ男たちの面倒を十人、二十人と見る家だ。十二人の規律正しい武士たちを泊めることぐらい雑作もない。

弦丸は、実家に泊まることに難色を示していたが、与一郎は「俺はどうしても紀伊の顔が見たい。実は、紀伊が夢枕に立ったんや」なぞと数々の大嘘《おおうそ》を並べ、弦丸の反対を強引に押し切ったのだ。彼には目論見《もくろみ》があって――

（一夜でも子供を抱いて寝れば、弦丸自身がゆうたように情が移る。そのまま親元で暮らすことになれば、於弦にも子供にも、それが一番やからなァ）

確かに、足軽弦丸は毒矢を使ってよい仕事をする。与一郎にとっては頼りになる家来だ。その一方で、美貌が際立っているので「大石家の綺麗《きれい》な若衆」の噂は羽柴家内に広く伝わってしまった。下手をすると、好色な信長や秀吉までが触手を伸ばして来かねない。夜な夜な、屋敷や天幕の周囲を、弦丸目当ての妙な男がウロつくのにも閉口している。弦丸を、今の内に親元に戻せれば、与一郎も枕を高くして寝られようというものだ。

弦丸の子・小吉《こきち》は、若竹色の筒袖を着流し、紀伊の膝にもたれていた。肌の色に透明感が強く、頰の辺りだけが桃色だ。首を回すと、おかっぱ髪がユラユラと揺れた。実に愛くるしい。数えであれば三歳だが、一昨年の秋に生まれた子だから、まだ生後二年だ。自分の名を含めて二、三百の語彙がある程度。身の丈は二尺六寸（約七十八センチ）ほどか。

「こ、小吉か？」

見込みのとおりで、弦丸は我が子との再会に感情を爆発させた。

「小吉、母だよ。お前を置き去りにしたこと、許しておくれ」

と、一年半ぶりに再会した我が子を抱きしめて号泣した。その表情は、毒矢を操る恐ろしい兵士から、どこにでもいる母親の顔へと戻っている。

「母上、母上」

「小吉、小吉」

生後半年で別れた母をどこまで覚えているのかは疑問だが、それでも血がそうさせるのか、小吉は弦丸に抱きつき、甘えた。

「ほら小吉、父上にも御挨拶なさい」

紀伊が、孫を促した。

（父上だと？　喜内之介殿のことを、そう呼ぶようにしているのかな？）

この部屋には、喜内之介と紀伊、弦丸と小吉の他には与一郎しかいない。しかし、どうみても紀伊が指しているのは与一郎だ。

「小吉よ、ほれ、父上様にも甘えなさい」

笑顔の喜内之介も紀伊に同調し、頷いている。

（お、俺か⁉）

嫌な予感がして、弦丸を睨《にら》んだ。

「父上……」

童が、与一郎を見てニッコリと微笑んだ――ま、可愛くなくもない。

（阿呆ッ。勝手にテテ親呼ばわりするな）

見れば弦丸は、両親に隠れるようにして与一郎を片手で拝んでいる。

（なるほど……そういうことかいな）

小吉の父親は、加州大将《かしゅうたいしょう》とも称された本願寺の坊官・七里頼周《しちりよりちか》で間違いない。

「弦丸、話がある」

弦丸を部屋の外に誘《いざな》った。彼女は小吉を紀伊に預け、黙って後についてきた。

「どうゆうことや？」

「御免。頼周の奴は人としても男としても最低最悪やった。本願寺からも嫌われてたんや。あんな奴が小吉の父親だなんて……許せない」

「それで、父は俺だとゆうたのか」

「うん」

「うんではない！　紀伊と喜内之介殿にもそうゆうたのか」

「す、すみません」

と、女はポロポロと大粒の涙をこぼした。与一郎も「ちゃんとした男の御多分に漏れず」女の涙には滅法弱い。

「こら、泣くな」

自分でも情けないほどに動揺している。

「小吉はなんのことやら分からんからええやろけど。紀伊と喜内之介殿には、正直にちゃんと話しておいてくれ」

「なんて話すの？」

「俺は父親ではないということさ。お前に指一本触れたことはない。子供ができるはずがない」

「や、それは……ちょっと」

目を逸らし、小首を傾げた。拒絶の仕草と見た。

「なにをゆうとるんや！　本当のことを伝えろとゆうとるだけや」

「でも、与一郎様の子やと聞いて、継母《はは》も父も大層喜んでくれたし、継母は『与一郎様のお子なら、本当に孫みたいなものや』と嬉しそうに……だから今さら」

「今さら、なんや？」

「言えない。言いたくない」

「阿呆かッ。俺には、お前の嘘八百に付き合う義理はない」

「でも、山道で『応援する』ってゆうてくれたやないか」

「あれは弁造がゆうたんや」

「ほお……」

於弦が涙を手の甲で拭いた。不満そうに与一郎を下から睨み上げてくる。今までメソメソと泣いていた「か弱い女」が嘘のように豹変《ひょうへん》した。

「夫婦約束を反故《ほご》にしたのは誰や？　あんたはんやろ」

「な……」

（この女……なにかというと夫婦約束の話を持ち出してくる。毒矢で射殺《いころ》そうとして、当てつけに他の男の子を産んで、それでもまだ足りんのか？）

ただ、事実は事実だ。先に石を投げた（つまり、夫婦約束を反故にした）のは与一郎で間違いない。根が生真面目なだけに、そこは今も負い目に感じている。

さらに、落城した越前府中城近傍の禅寺で、腹が丸く膨れた弦丸と邂逅《かいこう》したとき「この女と腹の子を、俺が守ってやろう」と心に誓ったこともよく覚えている。

「よし、ではこうしよう」

与一郎が決断した。

「今はこのままでええよ。小吉のテテ親は俺や」

「有難う。嬉しい」

と、抱きつこうとするので、二歩下がってこれを避けた。

「今だけや。未来永劫《えいごう》、父親役を演じるつもりはない。将来俺がお前以外の女を娶《めと》ることになったら……」

「え……」

まるで人殺しのような目で睨まれた。ま、弦丸は戦場で、毒矢を用いて沢山《たくさん》殺している。与一郎も殺されかけた。正確に言えば「人殺しのような目」ではなくて「人殺しの目」だろう。

「ややこしくなるから、そのときは小吉を含めて、皆に本当のことを伝える。父親は俺ではなく坊官の頼周やとな……そこだけ約束せェ」

「うん、いいよ約束する」

弦丸が反射的に頷いた。

（か、軽い約束やなァ……これ、絶対に守る気ないやろ。いっそ一筆、起請文《きしょうもん》

でも取っておくか？　や、それも男らしくないかなァ）

会ったこともない男が仕込んだ子の父親にさせられかかっているのだ。男らしさ云々《うんぬん》を問題にしている場合ではないと思うのだが、与一郎は続けた。

「ええか、ゆうとくぞ。弁造や左門は事情を知っとるからな。小吉のテテ親が、七里頼周ということをよう知っとる。宗衛門は、言うまでもないな」

越前府中で、身重の弦丸を禅寺に匿《かくま》ったのは、左門の叔父でもある大和田宗衛門だ。

「あ、あのときは世話になった」

急に声が小さくなった。薄ら恥ずかしい事情をいろいろと知られているのだろう。

大和田宗衛門は現在、長浜城の大石邸にいる。従僕の東八《とうはち》が死んだから、今は一人で留守番だ。早々に従僕を召し抱える必要がある。

「もしお前が『嘘も百回繰り返せば真《まこと》になる』とか思うとるなら、大きく当てが外れるぞ。事情を知る者ぐらい、なんぼでもおるんや」

「弁造さんと左門さんと宗衛門様の三人か……」

遠くを見るような目をして指折り数えた。

「義介も知っとるぞ。府中城を落としたときは、奴はもう俺に仕えていた」

与一郎が訂正した。

「お前、口封じをしようとしても無駄やからな」

「ハハハ、そ、そんな恐ろしいこと……か、考えるもんかね」

女足軽、しどろもどろになった。


その後、小吉の今後に関し、関係者が集《つど》って再度話し合いを持った。建前としては「小吉は与一郎と弦丸の間に生まれた子」との体である。幼子の養育をどうするかは「両親」である与一郎と弦丸が決めることだが、この一年半、小吉を育てて貰《もら》った経緯もあり、喜内之介夫婦にも同席してもらった。さらには、大石家家臣を代表して弁造が参加している。弁造は小吉の実父が誰であるかを知っているが、喜内之介夫婦に配慮し、与一郎と弦丸の小芝居に、嫌々だが付き合ってくれていた。

「で、お前はどうする気や」

喜内之介が弦丸に質した。喜内之介、弦丸、小吉——この三人だけは、確かに血が繋がっている。

「どうするって、なにを？」

眠る小吉を膝に抱いた弦丸が、怪訝な顔で父親に訊き返した。

「幸い小吉には、父親と母親が揃《そろ》っとる」

喜内之介が与一郎を指さした。

「あ……」

弁造がちらと与一郎を見た。与一郎は弁造を黙殺した。

「お前は、弓足軽を辞め、女に戻れ。たとえ本妻ではなくとも与一郎様と夫婦になり、大石家の奥向きに入って小吉を育てる……それが筋道やとワシは思うぞ」

「ほんに、そうなればすべてが丸く収まる」

親子三人の幸福を祈る喜内之介と紀伊が、相次いで自分たちの気持ちを伝えた。

「それが本筋やと私も思うよ」

そう言って弦丸は与一郎を見た。

「でも、私は弓で与一郎様にお仕えしとる身や。恩着せがましいことは言いたくないが、幾度かお命をお救いしたこともある」

驚いた喜内之介が、与一郎を見た。

「そ、その通りや」

一応は頷いたが、心中では「命を奪おうともしたけどな」と付言していた。

「私としては、このまま弓でお仕えしたい。与一郎様をお守りしたい」

「小吉はどうする？」

「勿論《もちろん》、一緒に連れていく。私が育てる」

「戦になったら？」

「大石家でも反対されたけど、私は戦場に小吉を連れていく」

「馬鹿なッ」

「阿呆ッ」

「無茶ですよ」

喜内之介と与一郎と紀伊が同時に吼えた。その大人たちの剣幕に眠っていた小吉がむずかり始めた。

「母上……やん、母上……」

「小吉ッ、嗚呼《ああ》、離れたくないッ。離れないッ」

と、母が子を強く抱きしめた。

「だから、離れろとはゆうておらん」

困惑の喜内之介が、掌で己が顔をペロンと撫《な》でた。

「ただ、その場合は弓足軽を諦めよ、と申しておる。戦場と子育て、両立は出来ん。弓と子供、両方を願うのは強欲とゆうもんや」

「そ、そんな……」

弦丸の両眼《りようめ》から涙があふれた。

「もう少し大きくなるまで、今のままというのは駄目なのかな？」

与一郎が喜内之介夫婦に提案した。このまましばらく、小吉は祖父母の元で養育され、その間、弦丸は弓足軽として与一郎に同道する。

「私は、小吉と離れないッ」

弦丸が小吉の頭越しに与一郎を睨みつけた。

（あ、あかん……冬山で毒矢を射かけられたときの目や）

思わず腰が引けた。弦丸は、いろいろな意味で危険すぎる。

「両親が揃っているのや。やはり子は父母の元で育《はぐ》まれるのが一番やと思う」

紀伊が目頭を袖で拭いながら、ボソボソと呟《つぶや》いた。

「小吉に物心がついて『父母はどこにいる？』『どうして一緒にいてくれないのか？』なぞと問われたらなんとします？　翁《おきな》と嫗《おうな》はオロオロするばかりです」

「あんの……」

ここまでじっと耳を傾けていた弁造が、小さく手を上げた。

「このような手立ては如何《いかが》でしょう。大石家は東八が討死して人手が足りないところでござる。この際、従僕を一人と、女中《はしため》を一人召し抱えては如何？」

「それはええよ。女手も一人ぐらい欲しかったところや」

「どうせならな、子供を育てたことのある、年増がええと思うんですわ」

弁造の言いたいことが見えて来た。

「小吉殿を弦丸が引きとったとして、普段は弦丸が育てる。で、弦丸が戦場に出るときは子供は屋敷に残し、女中に面倒を見させる。そうすれば、なにも戦場に童を背負って出ずとも済むのではないか、と」

「ま、そりゃそうやな」

単純かつ常識的な策だ。弁造の提案に大きな不満は出ず、衆議は一決した。

三

翌朝早く、喜内之介と紀伊に見送られて衣掛山の木村屋敷を発った。

高虎主従と相前後して森の道を下った。百匁筒は怪力の弁造が背負うが、三十匁筒を抱えていた東八が欠けたので、雪風の鞍《くら》にぶら下げて運ぶことにした。百匁筒ほどではないが、それでも三貫（約十一・五キロ）はある。雪風には申し訳ないが、頑張って貰うしかない。

高虎が与一郎に馬を寄せてきた。

「倅か？」

足軽装束の弦丸が手を引く小吉を顎で杓《しゃく》った。

「お、俺の子やないわい」

と、小声で否定した。

「でも、あの足軽が産んだ子なんやろ？」

「ああ、それはそうや」

しばらく黙って馬を進めた。

「一言、苦言を呈してもええか？」

高虎が、鞍の上から身を乗り出して囁《ささや》いた。真剣な眼差《まなざ》しだ。

「なんや？」

「羽柴家内で大層噂になっとる。あの足軽が女であることは見え見えや。顔がええし、体つきも女や。それでいて弓の腕は男勝り。毒矢まで使いよる……噂にならん方がおかしいやろ」

「ま、まあな」

与一郎が仏頂面で頷いた。雪風はポクポクと緩い坂道を下っていく。

「今度はその女足軽が『子連れ』ときた」

「子連れのなにが悪い」

「目立つわな。余計噂になるわな」

「足軽の子連れ……珍しくもないやろ」

この時代の軍隊は、言うならば猥雑《わいざつ》、雑駁《ざっぱく》であった。物売りや職人、僧侶から遊び女《め》までが、ゾロゾロと将兵に付いてまわっていたものだ。中には子供連れの雑兵も交じっていた。彼らの多くは貧しく、主家から支給される兵糧《ひょうろう》を子供に食わせたい一心で、危険な戦場まで子を連れて来ているのだ。

「ワシが言いたいのは、妙なことでばかり目立つな、とゆうことや」

与一郎は武辺で度胸も据わっている。頭もいいし家柄もいい。普通にやっていれば出世は向こうからやってくる。ところが今の与一郎はどうだ？

「見目麗しい足軽とか……」

「ゆうとくが、弦丸の弓で信長公をお救いしたぞ」

高虎が手綱を引き、馬を止めた。与一郎も雪風の歩みを止めた。

「巨漢の百匁筒とか」

「弁造の大筒は、実際に武功を挙げとるやろ」

さすがに腹が立ってきた。木津川口海戦やら天王寺砦《てんのうじとりで》で、百匁筒が如何に味方の窮地を救ってきたことか。

「なら、小太りが担いだ大袋はなんや？」

「あれはあれで、いろいろと役に立っとるわ」

次第に声が大きくなる。両家の家来たちが主人同士の口論を、チラチラと不安げに窺《うかが》っている。弁造が与一郎を睨み、顔を顰《しか》めた。

「で、今度はガキときた」

「ふん。お前に迷惑はかけんさ！」

「なんや、その言い方は！」

高虎が与一郎の当世袖を摑《つか》んで引っ張った。

「なにをするか！」

与一郎は、反射的に高虎の腕を振り払い、その甲冑《かっちゅう》の胸を掌で激しく突いた。

馬上での喧嘩だ。乗馬名人の与一郎は、鐙《あぶみ》で雪風の腹を締めつけて平衡を保ったが、地侍上がりで乗馬が苦手な高虎は、ドウッと鞍から転げ落ちてしまう。

「この野郎……殺してやる！」

高虎、家臣の前で恥をかかされて激高、思わず腰の刀を抜いた。今までにも幾度か、刃傷沙汰で奉公先から放逐されている高虎だ。血の気は滅法多い。

「ぬ、抜きおったなァ！」

と、与一郎も鞍から跳び下り、腰の打ち刀を抜き放つ。

二人は甲冑姿だが、兜《かぶと》は忍緒《しのびのお》を緩めて背中に垂らし、面頬と垂れは腰に縛りつけている。斬り合いや格闘の邪魔になるので、二人ともそれらをすぐに外して捨てた。さすがは戦国武者だ。喧嘩の心得を知っている。

「待った、待った、待ったァ」

ここで弁造が間に割って入った。

「御両所とも、刀を抜いてはいけませんわ」

「引っ込んでろ弁造！」

高虎が吼えた。元々高虎は足軽小頭で、弁造と与一郎は足軽として高虎の配下にいたことがある。

「喧嘩を止めろとは申しておりません」

弁造は両手を大きく広げ、興奮状態の若武者二人を宥《なだ》めにかかる。

「気の済むまでやり合われたらよろしい。ただ、刀はいけません。殺し合いはなりません。どちらが勝っても敗けても遺恨が残り申す。人死にでも出せば、両家はともに改易にござる。我ら家来は路頭に迷いまする。僭越ながらこの武原弁造、御両所の御刀を預からせて頂きまする。その後は、殴り合うなり、摑み合うなり、御自由になされればよろしい。はいッ、御免なされ」

と、迫力と体力を前面に押し出し、二人の刀を取り上げてしまった。

「さ、さ、御遠慮なさらずに、ガンと一発！　ゴンと二発！　ほれ、それ」

一応、与一郎と高虎は、拳を握って身構えたが——

「あほらし」

と、高虎の方が構えを解いた。弁造の毒気と灰汁《あく》の強さに当てられて、怒りの感情が萎《しぼ》んでしまったのだろう。

「お前なんぞ殴っても、気は晴れん」

「その言葉、そのままお前に返すわ」

と、与一郎も構えを解き、大きく息を吐いた。

「与一郎、朋輩としてハッキリゆうとくぞ」

「なんや⁉」

「お前はな、武将としては不要な人や物を抱え込み過ぎとる。器量と運を無駄遣いしとる。もう少し身辺を整理せえ。捨てるべきものは捨てろ。後々泣きを見ることになるぞ。言いたいことはそれだけや。では参る。御免ッ」

と、硬い会釈をして馬に跨《また》がり、鐙を蹴った。

高虎主従は敦賀の集落へと下り、若狭《わかさ》を目指して西へ進む。与一郎主従は衣掛山東の鳩原《はとはら》まで下り、笙《しょう》ノ川《かわ》を遡《さかのぼ》って、そのまま野坂山地へと分け入っていく。

笙ノ川の流域は、山間部だが広々としており明るく、林の中に田畑が散見された。与一郎主従は、林の際の細い道を川に沿って北へと進んだ。

「身共、ふと気づいたのですが……」

雪風の後方を歩く弁造が声をかけてきた。

「なんや？」

鞍上から与一郎が、振り返ることなく答えた。

「殿は、殿のことを心配してくれるお方とばかり、揉《も》めまするなァ」

「そ……」

そう言われてみれば確かにそうだ。太田牛一《おおたぎゅういち》しかり、藤堂高虎しかりである。

「たまたまや」

「兄貴、うちの殿は一方で意地張り、また一方で甘えがあるのでござるよ」

弁造のさらに後方を歩く左門が弁造に囁いた。普段の左門は弁造のことを「兄貴」と呼ぶ。

「おい左門、聞こえとるぞ。『甘えがある』とはなんや。無礼だぞ」

前を向いたまま叱った。

「申しわけないでござる」

「や、左門は間違ってない。身共も、殿の喧嘩癖は甘えから来てると思う」

(喧嘩癖って……二度口論しただけやろ)

「親は子をチヤホヤするんですわ。だから子は、親に我儘《わがまま》を云うんですわ」

「お前の理屈やと」

与一郎が反論した。

「太田牛一殿や与吉は、俺をチヤホヤしたってことになるぞ？　あの二人が俺の親か？」

「皆様の好意を殿が勘違いされたんやないですか？」

「こら弁造ッ！」

雪風の鞍上から振り返り、鬼の形相で弁造を指さした。

「言い過ぎやぞ！　仮にも俺は、お前の主や！」

「す……すんません」

さすがに体を縮めて頭を下げた。その背後を歩く左門までが恐縮している。

なんでも言い合える風通しの良い家風は大層気に入っているが、時には雷を落とさないと、箍《たが》が緩んでガタガタとなる。ま、弁造と左門が言いたいことも分からんではない。「喧嘩は敵とやってくれ、味方とは喧嘩しないでくれ」と言っているだけだ。

(分かったよォ。今後は慎むさ)

築城中の安土城で太田牛一と揉めたときにも、短気を反省した記憶がないでもないが――

川沿いの道は次第に上り始めた。遥《はる》か前方には、然程《さほど》に高くも険しくもないが、大ぶりな野坂山地の山塊が横たわっている。さらにその南の彼方《かなた》には、琵琶湖が広がっているはずだ。

「殿」

雪風の轡《くつわ》をとる森義介が、振り返って見上げてきた。

「大分道が分かり難くなってき申した。そろそろ弦丸に先導させては如何？」

弦丸は野坂山地を猟場としていた。獣道の端々までよく知っている。

「そうやな……おい弦丸、先頭を歩いて道案内せい」

「はッ」

と、返事をし、背後でしばらくコソコソとやっていたが、やがて、弦丸一人が隊列を追い抜いて先頭に立った。

（あれ、小吉はどうした？）

振り返って見ると、弁造と左門のさらに後方、最後尾を従僕の虎松が小吉を肩車して歩いている。小吉は大喜びだ。虎松と言葉を交わし無邪気に笑っている。

「おい、弁造」

「はッ」

と、足を速めて雪風の傍らに並んだ。

「虎松は子供に好かれる性質なのか？」

と、顎で後方を杓った。

「さあね。ただ、野郎は……」

虎松は、与一郎より十歳年長の大人しい従僕である。お針や包丁事、掃除や洗濯など家事全般を器用にこなす。動きが鈍く、気も弱く、戦場では使いものにならないが、それでも奥方様のいない(女手のない)大石家は重宝している。

「あいつ、娘を一人、男手一つで育てたんですわ」

「ほお、初耳やな」

虎松を召し抱えて一年と少し経つが、元来無口な男である上に、与一郎は遠征が多く、対して虎松は長浜の屋敷の留守番を宗衛門と二人で務めることが多かった。顔を合わせる機会が少なく、身の上話など聞いたこともなかったのだ。

「娘を産んですぐに、女房は産後の肥立ちが悪く他界したらしいですわ」

当時まだ十七歳だった虎松は、集落の女たちから貰い乳などし、なんとか娘を育てたという。

「その娘は?」

「去年の春、十四で嫁に……」

「ハハ、お父つぁん、身軽になって武家奉公を志したとゆうわけか」

「御意ッ」

「小吉の扱いが、手慣れてる道理やな」

「御意ッ。それでですなァ」

昨夜の話し合いでは、今後、従僕を一人と女中を一人、都合二人を新たに召し抱え、弦丸が出陣して屋敷を離れる折には「女中に小吉の面倒を見させる」との方針が確認されたはずだ。

「そこに被《かぶ》せて、欲をかかせて頂けるならば……」

家臣筆頭の弁造としては、戦う集団としての大石家の「戦力の充実」を図らねばならない。若くて生きのいい、戦闘に耐え得る従僕を二人、可能ならその内の一人は槍《やり》か鉄砲を扱える足軽を、補充したいところだ。

「お前の考えは分かる。女を雇わずに、新たに男を二人召し抱えるのやろ。小吉の面倒は、戦場では役に立たん虎松に、長浜での留守番がてら見させるんや」

「御明察ッ」

「ええと思うぞ。虎松にもその方が向いてそうや。でも、使える若い衆なんぞ、なかなか見つからん。仮におっても、条件のええ他家に持っていかれるわ」

本当に使える若者なら、織田家直属の足軽に採用されるだろう。羽柴家の足軽になるのもいい。さらにその下の下の大石家に奉公しようという奇特な若者は希《まれ》だ。大石家は常に人材難なのである。

与一郎は、背後を振り返って見た。虎松に肩車された小吉が、手を伸ばして前をゆく左門の頭陀袋を触ろうとしている。

(長秀様から、四百石分の家来を召し抱えろと言われたなァ)

つまり「家来の数が少ない」と叱られたのだ。四百石の軍役は十人である。現在の大石家は与一郎と弦丸を勘定に入れて男が七人だ。最低でも、新たに男を三人召し抱えないと、十人にはならない。さらにそれでも、留守屋敷に宗衛門と虎松を残すと、戦場に連れていく兵は八人となり、軍役にはまだ二人不足する。大石家は、本当に人手不足なのだ。

四

山中で一泊の後、余呉《よご》湖を経て北国《ほっこく》街道に合流して南下、懐かしい琵琶湖畔の平地へと出た。敦賀から九里(約三十六キロ)も山越えをしてきたので、三歳の小吉は、疲労困憊《こんぱい》である、昨日、虎松の肩の上ではしゃいでいたのが嘘のようだ。弦丸に背負われたあどけない顔からは、表情が消えている。

「もう小吉は限界やろ。ここいらで別れよう」

小谷城《おだにじょう》の西にある岡山の辺りで、二手に分かれることにした。岐阜へは左門と義介の二人を連れていく。他は弁造が率いてこのまま北国街道を南下し、長浜へと帰るのだ。

「でも、私が一緒に行った方がええのではないか？」

小吉を背負って歩きながら、弦丸が鞍上の与一郎を見上げた。女が子供を背負って歩いているのに、自分一人が馬に乗っている。ほんの少し気が咎《とが》めた。山道では小吉を鞍に乗せて、弦丸と虎松の負担を減らしてやったりもしたが、小吉が盛んに「父上」を連発し、家来たちが失笑するので、すぐに鞍から下ろしてしまった。それに、人里に出ると人目も気になる。威風堂々と一人鞍上で馬を進めたい。

「今回のお役目は戦ではないから」

秀吉の恋心を於市に伝え、できれば「夫婦になりたい」と秀吉の代理で求婚するのが与一郎の大事なお役目だ。

（ま、女絡みで、恋の戦と言えなくもないが……秀吉様も柴田様も、ええ歳《とし》をした親爺だからなァ。大人げないよなァ）

秀吉は今年四十一、勝家は大永六年（一五二六年）の生誕とすれば五十二だ。

（お盛んなのは結構なことやが、俺を巻き込むのは迷惑千万や）

「戦ではないから、毒矢は要らんのよ」

「そ、そうか」

弦丸が残念そうにうつむき、少し肩を落とした。

「左門には知恵を借りたいし、義介を連れて行くのは、急な伝令が必要になった場合の用心さ」

義介は健脚である。平坦《へいたん》な道なら、二十五里（約百キロ）を四刻（約八時間）以内で走破する。

「わかった。気をつけて……長浜のお屋敷で待ってる」

分岐に佇《たたず》み、与一郎は、街道を南下していく弁造ら四人の背中を見送った。


その後は、廃城となった小谷城を左に見ながら脇往還を南東方向へと歩いた。東山道に入り東へと進む。左手は伊吹山地、右手は鈴鹿《すずか》山脈だ。関ケ原の辺りで陽が暮れ、その場で野営することになった。

「当人たちの前では言い辛かったのでござるが……」

焚火《たきび》に当たりながら左門が与一郎に質した。

「大石家内において、今後、小吉殿はどういう扱いになるのでござろうか？」

「弦丸の倅や」

「父親は？」

「坊官の七里頼周……皆、知っとることやろ？」

と、膝を抱える義介を見た。焚火の炎に照らされた若者が無言で頷いた。

「逃亡中の坊官の落とし胤《だね》、しかも男児でござる」

左門が困ったような顔をした。

「信長公、容赦しないでござろうなァ」

信長は、一般の一向門徒に対しては、ときに厳しく、ときには寛容だったりもする。気分次第だ。しかし、一向一揆《いっき》を指導する僧侶に対しては、一貫して強硬な姿勢で臨んでいる。さらに彼は、僧籍にありながら軍事を司《つかさど》る坊官を蛇蝎《だかつ》の如くに嫌っているから「加州大将・七里頼周の倅」と知れれば、小吉は十中八九首を刎《は》ねられるだろう。ついでに「坊官の女」だった弦丸も無事では済まない。

「信長公のやりそうなこった。嫌いな奴には容赦がないからなァ」

与一郎は体を屈《かが》め、胡坐《あぐら》をかいた膝の上に頬杖《ほおづえ》を突いた。

「ならば当面、『テテ無し児《ご》』とでもしておくか」

なにせ乱世である。珍しい話ではない。

「や、でも……」

うつむいて聞いていた義介が急に顔を上げた。

「なんや義介、ゆうてみい」

森義介は与一郎より二つ年下の徒士だ。決して馬鹿ではないし、善良な働き者である。足が速い以外にさしたる長所や特技こそないが、人材難の大石家にあっては、重要な戦力の一人だ。

「弦丸は器量がええ。目を引く美形です。どうせ世間では『テテ親は大石与一郎やろ』とか言われますよ」

焚火の炎を見つめながら、予言でもするかのように訥々《とつとつ》と喋った。

「なんで器量がええと、俺の子になるんや?」

「殿が『あの女は俺のものや』と一言仰《おつしや》れば、周りは退くしかないから。誰も手は出せんでしょ」

「はあ?」

(こいつ、なにをゆうとるんや?)

「や、そうゆうものですよ。ええ女がおれば、その周囲で一番力を持ってる男の手が付く、これが人の世の定めとゆうものにございましょう」

「そ、そうなのか？　定めなのか？」

「然様《さよう》ですとも。定めにございますよ」

珍しく頑固に言い張る。いつもの大人しい義介にはないことだ。

（こいつ、なんぞ女にまつわる嫌な過去でもあるんやないのか？）

普段ニコニコしている義介の心の闇を、垣間見《かいまみ》る思いがした。虎松の子育て話も知らなかったし――もう少し、家来たちに関心を持たねばなるまい。ときには打ちとけて話をすることも大事だ。

「でも義介よ……」

左門が横から話に割って入った。

「別段、弦丸が本妻とゆうわけではない。大石家に奉公する娘だか足軽だかに殿のお手がついて、和子《わこ》が生まれた。これ、なんぞ問題がござるのか？　庶子とはいえ男児誕生でござる。むしろ、目出度《めでた》いことではござらんのか？」

「ゆうとくがなァ」

与一郎が目を剝いた。

「俺は、弦丸に手はおろか、指一本触れたことがないぞ」

「またまた」

左門が皮肉な笑みを浮かべて与一郎を見た。

「阿呆ッ。本当や。『閨事《けいじ》は正式に夫婦になってから』それが父上の教えや。遠《えん》藤《どう》家代々の家訓や。あの女に指一本触れる前に、毒矢が飛んできたんやわ！」

「ど、毒矢って……」

左門が困惑して、夜空を仰ぎ見た。瓜《うり》のような十一日夜の月が、中天近くに浮かんでいた。明朝も早い。薪《たきぎ》をくべてそろそろ寝よう。

関ケ原から岐阜城までは八里（約三十二キロ）ほどある。揖斐川《いびがわ》と長良川《ながらがわ》を渡るので、朝早くに関ケ原を発ったが、川の水位は然程でもなく、渡し舟を使って難なく渡りきった。その後も休まずに歩いたので、夕方前には岐阜に着いた。

この地は元々、井之口と呼ばれていた。ちょうど岐阜城下の辺りで長良川は大きく蛇行し、北から流れてきて西へと屈曲し、さらに南へと流れ下る。東には頂上に岐阜城天守を戴《いただ》く金華山《きんかざん》（稲葉山《いなばやま》）が聳えていた。

長良川が天然の水堀となり、その河畔《かはん》には柵を立てた土居が築かれ、守りを固めている。散見される寺院はどれも塀が高く、水堀を擁し、いざ戦となれば、曲《くる》輪《わ》としても十分に機能するだろう。蓋《けだ》し岐阜城下は、要塞都市の顔も併せ持っていたのだ。

織田信忠《のぶただ》（信長嫡男）の政庁を訪れて事情を伝え、宿舎を提供して貰った。なにせ与一郎は、信長の家来の家来の、そのまた家来である。与えられたのは北向きの狭い板敷の部屋で、中央に囲炉裏が切ってあり、主従三人で雑魚寝だ。雪風に与えられた厩舎《きゆうしや》も狭くて不潔――それは酷《ひど》いありさまであった。

（ほんの数年前まで、木挽《こびき》町の足軽小屋に寝泊まりしてたものなァ。それに較《くら》べりゃ、ええ待遇や）

与一郎たちは、四日ぶりに甲冑を脱いで手足を伸ばした。囲炉裏で湯を沸かし、取り敢《あ》えず干魚《ひざかな》と焼飯《やきい》で簡単に腹ごしらえを済ませた。干魚の強い塩味が、疲れた体に沁《し》みて美味《うま》かった。

「人心地がついたな……さて、御殿に顔を出してくるか」

と、左門と義介に手伝わせて身支度を整える。二人には伝えていないが、今回会うのは高貴な麗人だ。身綺麗にしていかねばならない。九日の朝に越前を発ってから、三泊四日の道中だった。旅の埃《ほこり》を井戸水で洗い流し、下帯も替え、持参した裃《かみしも》に着替えた。

「殿、お役目の内容は、どうしてもお明かし頂けないのでござるか?」

扇子を渡しながら、左門が残念そうに質した。

「すまんな。秀吉公の御用なんや。殿様(長秀)からも『誰にも話すな』と釘《くぎ》を刺されておる」

「然様でござるか……余程、大事なお役目なのでござろうなァ」

「ま、まあな……」

受け取った扇子を帯に挟んで、宿舎を出た。

五

信長の実妹である於市御寮人と、幼い三人の娘たちは、長く於市の叔父である織田信次《のぶつぐ》の居城・尾張国守山城《もりやまじよう》で暮らしていた。しかし、信次は天正二年(一五七四)の長島《ながしま》一向一揆戦で討死してしまう。於市は岐阜城下へと戻り、現在では甥《おい》にあたる織田信忠の庇護《ひご》を受けていた。

城主の信忠が、叔母と従妹《いとこ》たちを大事に扱っていることがよく伝わった。

城下で一番の立派な大御殿を、叔母たちに使わせていたからだ。背後には比高百丈（約三百メートル）の稲葉山が聳え、頂上には信長時代そのままに城下を睥《へい》睨《げい》する白亜の大天守が、赤く西日に照らし出されていた。

（あの天守の最上階で俺は信長に、扇子で首を打たれたんや）

与一郎は、於市の御殿に向かって歩きながら、二年前の出来事を思い出していた。信長の声が、今も耳の底にはっきりと残っている。

「これで首は落ちた。ワレゴは死んだ。今より転生し、ワシに仕えよ」

（確かに凄《すご》いお方だとは思う。俺もあの時「それでええのかな、そうするか」と一瞬だけ思ったものなァ）

無論、昔気質《むかしかたぎ》の与一郎のこと、迷いは「一瞬だけ」であった。人間そう簡単に今まで溜《た》め込んできた「しがらみ」や「因縁」や「手かせ足かせ」が断ち切れるものではない。遠藤家も浅井家も、弦丸も秀吉も、弁造以下の家来たちも、すべてを忘れて転生し、何も考えずに神の如き信長から言われたことだけを実践していいなら「どんなに気が楽だろう」と夢想しただけだ。

（信長に惚《ほ》れ込んで、天下の秀才、豪傑たちが岐阜や安土に集まっているのも宜《むべ》なるかなや。皆、俺と一緒……ただ、一つ違うところは、彼らには信長に身を投

じる思い切りがあり、俺にはなかったということや）
かくて与一郎は、今も「しがらみ」や「因縁」の中でのた打ち回っている。

ふと気づけば、その「しがらみの一人」が住まう、壮麗な大御殿の前に立っていた。檜皮《ひわだ》で葺《ふ》かれた巨大な入母屋《いりもや》の屋根越しに、稲葉山山頂の天守が重なって見える。背景は茜空《あかね》だ。なかなかの情景で、つい見とれてしまった。

与一郎は、懐に秀吉の書状があることを、手で触って確認した。この於市宛ての書状には、色恋の話、求婚の話などは一切触れられていない。通り一遍の時候の挨拶に続いて、秀吉から於市へと贈られる金銀財宝の目録が延々と認《したた》められているだけだ。詳細は「お前（与一郎）が話せ」ということか。

（俺が？　俺がねェ）

と、心中で呟きながら大御殿入口の方へと歩き出した。

（俺が於市様に「秀吉様が貴女《あなた》様を嫁にしたいと申されておりまする」と言上するわな。於市様が笑顔で頷いてくれれば問題はない。ただもし、ケンモホロロに断られたらどうする？　大体、百姓の出の猿顔男と、戦国一と称される佳人《かじん》や。釣り合う分けがない。秀吉公、大恥をかくことになるぞ）

となると、秀吉はなんとしても恥を雪《すす》ごうとするだろう。

たとえば秀吉の書状は、求婚に関して一言も言及していないから、使者に出した与一郎が、点数を稼ごうと焦り「勝手に縁談話を持ち出した」「自分としては困惑している」との体裁をとろうとするかも知れない。となると――

(俺、口封じに殺されるんやないかな？)

この頃の秀吉は、とかく与一郎に冷たい。もうすでに見限られているのかも知れない。使えない男を一人殺すだけで、自分の面子《メンツ》が保てるとしたら、秀吉は容赦すまい。

(秀吉様ならやるな……これは完全に殺される。そう言えば、兄弟そろって「役目の内容は家来にも漏らすな」と念を押しとったぞ。あれも、口封じのための布石であったのかも……)

「大石殿」

「は、はい？」

於市が住む御殿の取次役人が、腰掛に座って待つ与一郎を促している。

「どうぞ奥へ。お方様が、お会いになられまする」

「あ、これは、御造作をおかけいたしまする」

と、慌てて腰掛から立ち上がった。

御殿の中は、すでに真っ暗だ。小姓衆が灯明《とうみよう》皿に火を点《とも》して回っている。灯明が四つも灯《とも》された大御殿内の広い書院で待つと、打掛姿の侍女たちを引き連れて於市が現れた。

「おお、与一郎、久しいのう。また男ぶりが一段と増したのではないか？」

「奥方様にはお変わりもなく、祝着至極《しゆうちやくしごく》にございまする」

と、薄暗い中で与一郎は平伏した。

今年三十一歳になった於市は、本当に「お変わりもなく」美しい。亡き主君の妻が、こうしていつまでも若々しくしていてくれるのは、元家臣として喜ばしいことである。一方でこの美貌が、男たちの諍《いさか》いの火種にもなっている。与一郎も少々迷惑を被《こうむ》っている。

於市に従う五名の侍女衆の中に、どうにも気になる女が一人いる。豪華な打掛を着込み、目鼻立ちは大層美しいのだが、表情に険があり、荒《すさ》みも感じ、まるで般若《はんにや》の面でも被《かぶ》っているかのようだ。灯明の淡い光が揺れる度に、鬼の顔も恐ろしげに揺れた。その女が最前から、与一郎を睨みつけているのだ。

（誰や？　知らん女やが……え、え、まさか）

　ふと思い当たった。元々於市の侍女を務めていた和音《かずね》ではないのか。そう言えば面影がなくもない。

（和音殿なら、俺より二つ上だから……今年二十四歳か。ま、人違いやろ。二十四には見えん。それにしても、俺を露骨に睨んでるよなァ。誰や？）

「与一郎、懐かしいであろう。こうして和音が戻ってきてくれたのじゃ」

　と、与一郎の眼差しに気づいた於市が、その女を指した。

（ああ、やっぱり和音殿か……参ったなァ）

　かつて和音は、与一郎に好意を持ってくれていた。於市を通じて「夫婦にならないか」と打診されたが、与一郎は諸般の事情から丁重に断った経緯がある。その後和音は、丹後国の大野定長《おおのさだなが》という富裕な地侍に嫁ぎ、天正三年（一五七五）には男児に恵まれ「幸せを摑んだ」と聞いていたのだが——この荒《すさ》んだ容貌を見れば、そうそう順風満帆にきたとは思えない。

「和音殿、御無沙汰致しております」

　精一杯の作り笑顔で会釈した。

「こちらこそ御無沙汰を……与一郎様、私が誰か、当初はお分かりにならなかったようですね？」

　和音が微笑んだ。目は厳しいままに、口角だけが大きく切り上がる。薄暗い中だ。余計に般若顔が際立った。

「いえ、そのようなことはございません。懐かしい和音殿です」

「あの後、色んなことがございました」

（どの後や？）

　もしや「与一郎から縁談を断られた後」を意味するとしたら由々しきことだ。

「貴方様のお陰で様々な経験をつむことができました。私、丹後の地で地獄を見ましたのよ、地獄をね」

（し、知らんがな！）

　もう確実だ。和音は与一郎に、強い憎悪と遺恨の念を抱いている。

（地獄を見たなら同情もするが、それを全て俺の所為《せい》にされても困る。俺は縁談を断っただけや。しかも事情が事情や。和音殿も、知らぬわけではあるまいに）

　於市から縁談を持ちかけられたのは、三年前、天正二年の正月のことだった。あの頃は、浅井家の嫡男、万福丸の首級を奪還するために、織田方の獄門所を襲った直後だった。同時に弟君の万寿丸《まんじゆまる》による浅井家再興を目指して活動してもいた。

身分は織田家の足軽だ。於市と和音には内緒だが、於弦という夫婦約束をした女もいた。縁談に頷ける状況ではなかったのである。

「聞いてやってたもれ。和音はのう……」

於市が、和音の苦労話を始めた。興味はなかったが、まさかそんな顔もできない。黙って拝聴することにした。於市によれば——和音は昨年、夫を卒中で亡くした。裕福だった大野家の身代は、親族から寄ってたかって簒奪《さんだつ》され、無一文になった彼女は、先妻が産んだ長男と自分が産んだ次男を連れ、貧民のような身なりで岐阜に辿《たど》り着いたという。

「不憫《ふびん》なことだが、その苦労が和音を成長させてのう。今はその知恵と機転で妾《わらわ》を支え、また長女茶々《ちゃちゃ》の侍女頭を務めてくれておる」

「それはそれは、御苦労様でございましたなァ」

と、和音に向かい、丁寧に頭を下げた。和音は反応を示さなかった。

（そろそろ、和音殿の話はええやろ）

与一郎としては、まずは使者の役目を果たさねばならない。

「奥方様ッ」

大仰に両手を畳につくことで、於市の注目を引いた。

「実は、それがし……」

懐から秀吉の文を出し、膝行《しっこう》して於市に近寄り、封緘《ふうかん》された書状を手渡した。

「これは？」

「我が主、羽柴筑前守よりの書状にございまする」

「この場で読んでよいのか」

「御意《ぎょい》ッ」

於市は封書を開き、折り畳まれた文をサラサラと広げ、灯火《ともしび》にかざして読み始めた。すぐに微笑みが浮かび、与一郎はホッとした。相変わらず和音は与一郎を睨みつけているが、今はお役目中だ。ここは知らぬ顔をしておくしかあるまい。

「これだけの進物……幾ら筑前殿でも、過大な御負担にならねばよいが」

「なんの、筑前守の心づくしにございまする」

「幼い娘三人を抱えて寄る辺なき身……兄や甥《おい》の慈悲にすがって暮らしております。筑前殿のお心遣いは本当に助かる。くれぐれも良しなにお伝え下さいね」

「御意ッ」

と、平伏した。これで撒《ま》き餌《え》は十分だろう。後は獲物を釣り上げるだけだ。

「実は、筑前守よりの内密な言伝《ことづて》がございます。叶《かな》いますれば、お人払いを」

侍女団がザワと色めき立った。自分たちが「邪魔者扱い」されるとは、よほど心外なのだろう。

「この者たちなら構わぬ。親族同然じゃ」

「そこを、曲げて……」

「そうか？　では……」

と、目配せすると、和音を含めた五人の侍女たちは憮然《ぶぜん》としながらも、大人しく退席していった。

「では、内密な言伝とやらを伺おうか？」

於市が身を屈《かが》め、声を潜めてニヤリと笑った。

与一郎は、息を大きく吸い込み、静かに吐いた。これで少しは落ち着いて伝えられる。弓で遠い的を狙うとき、いつもこのやり方で冷静さを確保してきた。

「単刀直入に申し上げまする。筑前守は、奥方様を妻にしたいと申しております る」

「め、夫婦になりたいとゆうことか？」

於市の顔に、見下したような冷笑が浮かんだのを、与一郎は見逃さなかった。

「御意ッ」

「妾は三十一で、娘が三人もついてくるぞ？」

「それらのことを踏まえました上で」

「や、筑前には正妻のオネがおるではないか。ということは……妾は側室か？」

「とんでもございません。オネ様が第二夫人に退かれ、奥方様を正室となされるやに伺っております る」

これが秀吉の大方針で、オネも納得していると長秀からは聞かされている。

「あ、そう」

ここで書院に沈黙が流れた。

「ま、即答とは参らん。少し考えさせてたもれ」

「御意ッ」

即拒絶ではなくて安堵《あんど》した。於市にとっての秀吉は、考慮の対象となる程度の相手ではあるのだろう。天下の美女も、三十一歳で子連れとなれば、猿顔や出自の云々よりも、男としての甲斐性《かいしょう》を重視するのは当然だ。もっとも、最初に話を聞いたときの、侮蔑的な表情が忘れられない。あれがこの女の秀吉に対する本音なのだろうと与一郎は思った。

「侍女たちにも相談したいしな」

「御意ッ」

（和音殿にも話すのかなァ？）

与一郎の脳裏を一抹の不安が過《よぎ》った。

（おお、そうや）

ここで一つ、与一郎は「言い忘れていたこと」を思い出した。

「於市様と筑前守が夫婦になれば、我が主人は浅井の三姉妹様や福田寺《ふくでんじ》の万寿丸様の縁者となり、信長公に対し、親戚筋の立場から、浅井家再興を働きかけ易《やす》くなり、必ずや実現させる、とも申しておりました」

「うん、それもあるな……いずれにせよ暫時《ざんじ》考えさせて欲しい」

「御意ッ」

と、平伏して退出し、大御殿を出て己が宿所へと向かった。岐阜城下には、夜の帳《とばり》が下りていた。昨夜の月よりやや幅広になった十二夜の月が、東の空高くに上っていた。

六

面会から数日は宿所で待機させられた。四日目の午後に「今夜、目通りを許す」との報《しら》せがきて、与一郎は裃を着込み、夜の岐阜城下を歩いて於市の大御殿を目指した。今夜上る月は十六夜《いざよい》月だが、岐阜城下の東には金華山が聳えており、山塊に遮られて、まだ月は姿を現さない。

四日前と同じ書院に通された。しばらく待つと、於市はやはり五人の侍女を連れてやってきた。当然、和音も交じっている。

「御機嫌麗しゅうございまする」

と、まずは平伏した。

顔を上げ、灯火に照らされた於市の表情の硬さに驚いた。いつも与一郎に見せる艶《あで》やかな笑顔が鳴りを潜めている。そう言えば、前回の対面とは、書院内の空気が違う。女たちの強い苛立《いらだ》ちと憤りが感じられた。

（これは、なんや？）

困惑した。なにかあったらしい。しばらくは相手の出方を見ることにした。女たちも黙っているので、書院内には気まずい沈黙が流れたが、やがて――

「どう致そうか？」

於市が与一郎に質した。やはり声が違う。一切親しみの籠らない低い声だ。

「妾から話そうか？　それとも侍女の方から申し伝えようか？」

「それはどちらでも、奥方様のおよろしい方で」

「では、和音、頼む」

（和音殿かい……苦手やなァ）

「心得ましたッ」

於市に向かい、畳に片手を突いて会釈した和音が、与一郎へと向き直った。

「もし縁組がなれば、現在の正妻が第二夫人に退かれ、奥方様を正妻となされるとのことですが？」

「然様です。主人筑前守からそのようにお伝えせよと」

「現在の正妻の方は、さぞや嘆き悲しまれることでしょうね？」

「さあ、そこはなんとも。ただ、納得されておられるやに伺っております る」

「嘘じゃ！　まやかしじゃ！　悲しみ、憤るに決まっておるわ！」

上座から於市が、扇子の先で与一郎を指し、厳しく詰《なじ》った。

仕方なく再び平伏したが、それと同時に和音が言葉を継いだ。

「憤りの矛先は、必ずやお方様に向かいましょうな」

「さあ、それは如何でありましょうか……」

「阿呆ッ。正妻の座を奪われて、相手の女子《おなご》を恨まぬ女などおらぬわ」

於市が吼えた。彼女から「阿呆」と呼ばれたのは初めてのことだ。完全に怒っている。四日の間に、一体なにがあったのか？

「何方《どなた》とは申さぬが、他にもお方様に求婚される殿方はおられまする」

和音は思わせぶりな態度で、這いつくばる与一郎を睨んだ。自分ほどの女を袖にした憎い男を嬲《なぶ》るのが、楽しくて仕方がない様子だ。

「その方は現在正妻を持っておられません。これぞまっとうな求婚でありましょう。正妻を第二夫人へ落とすなど、女を物扱いするにもほどがある。揉め事は必《ひっ》定《じょう》。そのような火中の栗《くり》を、求めて拾う阿呆が何処《いずこ》におりましょうや」

反論できずにいた。求婚している「正妻を持たない殿方」とは柴田勝家に相違あるまい。於市に恋するあまり、側室は持っても正妻は持たないと聞いたことがある。秀吉にとっては、仕事でも恋路でも、常に目の上のたん瘤《こぶ》たる人物だ。

「次に、筑前守様は『婚儀の申し出を承諾すれば、浅井家を再興する』と仰せのようですが……」

「それは若干意味合《いみあい》が異なりまする」

「どう、異なりまするか？」

「於市様と筑前守が夫婦になれば、我が主人は信長公に対し、親戚筋の立場から、浅井家再興を働きかけ易くなるとの意で申し上げました」

「ふん」

やっと言い返した与一郎であったが、和音は鼻先で笑った。

「いずれにせよ順番が逆でございましょう。まず浅井家再興が先であり、成果を出した上で、改めてお方様に求婚するのが筋ではございませんか？」

「然様じゃ。筑前の申しようは、まるで『出世払い』『獲《と》らぬ狸《たぬき》の皮算用』ではないか！　与一郎、筑前に申し伝えよ。お前のような寸足らずで、風采の上がらぬ男の妻になるぐらいなら、猿公《えてこう》の妻になる方がよほどましとな」

従五位下筑前守に対し、随分と不躾《ぶしつけ》な物言いだが、於市がまくしたてて哄笑《こうしょう》すると、侍女たちも追従《ついじゅう》して笑い始めた。

「も、申しわけございません」

女たちの哄笑の前には、与一郎に返す言葉がなかった。まっとうな家臣なら、切腹を覚悟で、於市の無礼を咎めるべきところだろうが、率直に言って、秀吉にそこまでの忠誠心は湧かなかった。仕方なく、頭だけ下げておくことにした。

肩を落とし、城下町をトボトボと宿所に向けて歩いた。

（おかしいではないか）

与一郎は心中で憤った。

（四日前の奥方様は、俺の説明に頷いてくれていたはずや。正妻の座の件《けん》も、浅井家再興の件もそうや。それが四日の間に変節されてしまわれた。滅茶苦茶や）

疑いようもない。於市の変節は、与一郎を恨む和音の悪意に満ちた差出口《さしでぐち》の結果であろう。

（秀吉の妻になるぐらいなら猿公の妻になる云々の件《くだり》は、割愛するしかあるまい。や、勿論、寸足らずとか風采が上がらぬとかも割愛せねばならんが……）

このまま不首尾《ふしゆび》な返事を持って帰ると、ただでさえ落ち目な与一郎に対する秀吉の評価が、さらに暴落しかねない。口封じに殺される心配もなくはない。

（ま、嘘も方便や。なにせ秀吉公は、於市様に「恋」をされておられる。恋は人

を阿呆にするからなァ、そこにつけ込んで我が身を守ろう）

与一郎は、於市の拒絶を持ち帰ると同時に「於市様は秀吉公を憎からず思っている印象。つれない返事は恋の駆け引き」との出鱈目《でたらめ》を付け加えることで保身を図ることにした。

（でも、バレたらどうしよう）

足が止まった。しばらく考えたが、やがて溜息《ためいき》を漏らし、また歩き始めた。

（ま、俺はこれから中国攻めに出征する。毛利の弾に当たって死ぬやも知れん。先のことを思い悩むのは無駄や、悩むだけ損や。明日のことは明日心配しよう）

東の空高くから、十六夜月が見守ってくれていた。

第二章　梟雄《きようゆう》は二度裏切る

一

与一郎が岐阜城下で十六夜月を見上げていた翌朝、天正五年（一五七七）八月十七日、三十五里（約百四十キロ）離れた摂津国で大事件が出来《しゆつたい》した。石山本願寺包囲中の武将、松永久秀《まつながひさひで》が信長を裏切ったのだ。

梟雄松永久秀、二度目の謀反《むほん》である。

一度目は五年前の元亀三年（一五七二）、武田信玄《たけだしんげん》の西上作戦に呼応し、三好《みよし》義継《よしつぐ》や三好三人衆らと組んで織田家に反旗を翻した。足利義昭《あしかがよしあき》が主導する信長包囲網側に寝返ったということだ。

ところが信玄の急死を知ると、久秀はいち早く信長に降伏した。そして、あの苛烈な信長が何故《なぜ》か久秀を許したのである。「この久秀は、まだ使える」との認識が信長にあったのだろう。

今回久秀は、持ち場である天王寺砦に火を放ち、南西に三里半（約十四キロ）走って居城の大和《やまと》国信貴山城《しぎさんじょう》に城兵八千人とともに立て籠った。翌十八日からは城の改修工事まで開始した。松永弾正少弼《だんじょうしょうひつ》久秀は今年七十歳、老いてなお盛ん、やる気満々である。

無論今回も頼りとするのは、毛利輝元《てるもと》のもとへ走った足利義昭が、虚仮《こけ》の一念で続ける信長包囲網であろう。昨年夏の第一次木津川口海戦で織田家は大敗北を喫した。北陸では、上杉謙信との対峙《たいじ》が続き、大軍が動けずにいる。石山本願寺は今も頑強に抵抗を続け、落ちる気配はない。梟雄とか大悪人とか呼ばれ、冷徹なる戦略眼を持つ久秀のこと、「信長を討つなら今」と決断したようだ。

（そうや、決断や）

雪風の鞍上で、大石与一郎は自分で自分を叱咤《しった》激励した。

八月十九日、昨日岐阜を発った与一郎は、無理をして十三里（約五十キロ）を進んで長浜城へと戻ってきた。もう後、半里（約二キロ）ほどで着く。

(確かに俺は役目を果たせなかった。しかもそれを隠蔽し、嘘の報告で誤魔化そうとしている。これは臣下としてあるまじき振舞いや。でもな……)

そもそも、秀吉の「於市への想《おも》い」などというものは私事であろう。中年男女の好いた惚れた——どうぞ御勝手に、という話である。

(そんなことのために、俺ら家来が命や名誉を懸けられるかいな)

これが戦《いくさ》や政《まつりごと》に関してのことなら、出鱈目な報告は許されない。もしそれにより、不必要な血が流れたり、政策に齟齬《そご》をきたしたりすれば、報告者は万死に値するだろう。

(でも、私的な色恋で影響を受けるのは当事者だけや。秀吉様が泣こうが、柴田様が落胆しようが、知らんわ。色恋を他人任せにする方が悪いのや)

さらに、秀吉はかつて与一郎に「夫婦になれんのやったら一夜の逢瀬《おうせ》でも構わん。於市殿の熟《う》れた体を、一度でええから好きにしてみたい」と破廉恥《はれんち》にも語ったことがある。

(色恋ですらないではないか！　これは単なる色情や、劣情や)

「そうや、俺が良心の呵責《かしゃく》を感じる必要など毛頭ないんや！」

「な、なにがでござるか？」

　ふと気づけば、雪風が歩みを止め、左門と義介が主人を見上げている。

「あ、え、や、別に……」

　狼狽《ろうばい》して呂律《ろれつ》がよく回らない。頭の中で秀吉への不満を並べていたが、最後の一言を、思わず声に出してしまったようだ。

　眺めれば、今日の琵琶湖は風もなく、穏やかな水面《みなも》がどこまでも広がっている。正面やや右にはもう長浜城の天守が見えているではないか。

「良心の呵責が、なんとか仰せでござったが？」

　左門が心配そうに質した。

「良心？　さあ？　鞍の上でうたたねをしておってな。夢を見たのや。確か弁造や……弁造と口論《こと》していたような、していなかったような……」

　どうも嘘を糊塗するために嘘をつき、その嘘を誤魔化すためにまた嘘をついているような気がする。自分はもう、人間の屑――とまでは思わないが、少なくとも「嘘つき」になり果ててしまったのかも知れない。

「殿、あれを御覧《ごろう》じろ」

　と、轡《くつわ》をとる義介が指さす彼方を眺めれば、長浜城は騒然としていた。使番《つかいばん》らしき騎馬武者が数騎、城門から出て四方へと駆け去っていく。また、鎧櫃《よろいびつ》を背負い槍を提げた地侍らしき者が、十数人も大手門の土橋を渡って城内へと吸い込まれていった。

「まるで、合戦前夜でござるなァ」

小手をかざした左門が呟いた。

「新たな陣触れでも出たのかも知れん。義介、急ぐぞ」

「御意ッ」

主従は、足を速めた。

与一郎の主人である長秀は、秀吉本隊と別れて北陸からすでに引き揚げてきており、長浜城で中国遠征の準備を進めていた。そこへ今朝、松永久秀謀反の報せが届いたらしい。城内は大騒ぎとなった。

長浜城は、石垣が琵琶湖の波に洗われる水城だ。特に本丸は、湖面に浮かぶ人工島に築かれている。本丸を二ノ丸が囲い、その二ノ丸を与一郎の屋敷もある三ノ丸がさらに囲む梯郭式《ていかくしき》の縄張りである。各曲輪の間には、琵琶湖の水を引き入れた幅の広い水堀があり、どの曲輪からも直接琵琶湖へと舟を漕ぎだすことができた。

長秀の屋敷は、その二ノ丸にある。与一郎は、まずは帰城の報告をせねばと、木橋を渡って長秀邸へと急いだ。取次を頼むと、長秀は書院で「決裁書類の山に埋もれて執務中」との返事が戻ってきた。

「お忙しいならば、出直しまするが」

「や、ええんでないですか？　しばらく待たされるやも知れませんが」

「では、行ってみます」

取次役に礼を言って、庭に面した長い広縁を歩いて書院へと向かった。相変わらず広く、かつ殺風景な屋敷である。長秀は華美を嫌い、屋敷はあくまでも質実剛健を旨としていた。ただ、古参の家臣からは「ただの吝嗇《けち》よ」との陰口も聞こえてくる。

「大石与一郎、只今《ただいま》戻りましてございまする」

と、書院の広縁で平伏した。

「うん、御苦労。しばし待ってくれ……すぐに片づける」

与一郎は、広縁に控えて待った。長秀は、与一郎に右横顔を見せた状態で文机《ふづくえ》に向かっている。周囲は確かに書類の山だ。二人の小姓に手伝わせて、文章に目を通し、筆を走らせる。与一郎は、ふと既視感に襲われた。

（ああ、そうか……やはり兄弟やなァ）

執務をしている横顔、背中の屈め具合、書類を眺める仕草等々が、兄の秀吉に驚くほどよく似ている。外見から性格まで「似たところのない兄弟」「実は血縁など無いのでは」と密かに疑っていたが、紛《まご》うかたなき兄弟と、本日初めて確信した。

与一郎には兄弟がいない。両親は死んだし、親族の話も聞かない。自分の面影を伝える者は、この世に存在しないのだ。己が子でも成さない限り——

「父上ッ」

小吉の無邪気な笑顔が頭を過った。

（阿呆か……あれは坊官の胤や。俺に似ているわけがない）

「待たせたな。ま、上がれや」

と、長秀が書院に招き入れてくれた。小姓も下がらせ、長秀と二人切りの密談となった。正面から見た主は、やはり牛に似ている。猿顔の兄とは似ていない。

「で、首尾はどうやった？」

「良くもあり、悪くもあり」

「なんだら、そら？」

長秀が呆れ顔で笑った。

「まず、正直に申し上げておきまする。奥方様から縁談は断られ申した」

「あら、ま」

「なんでも、別途、正妻の居られない方からも求婚されていると。ですから、秀吉公にだけ色よい返事をすると角が立ちかねないと……はい」

「それ、柴田様やろな」

「多分」

「ま、於市様が、そう仰るのも分からんではねェな。柴田様と兄さは、ただでさえ折り合いが悪いからのゥ」

と、嘆息を洩《も》らした。

「大体よォ。兄さは身の丈が寸足らずで、おまけに猿顔だがや」

（な……）

与一郎、思わず吹きそうになった。与一郎の表現、於市とまるっきり一緒だ。

「戦国一の佳人とでは釣り合いがとれんがね。高嶺《たかね》の花を望むのも、ええ加減にしてもらわんと」

「ただ……」

与一郎が身を乗り出した。我と我が身のため、一世一代の法螺《ほら》を吹く。

「ただ？」

ギョロリと睨まれた。大きな目だ。目も秀吉に似ていなくもない。

「これは、それがしの感想ではございまするが、正直に申して、秀吉公が奥方様を諦める必要はないのかな、と」

「話が見えんが、どうゆうことよ？」

「それがし、浅井家の頃より奥方様……於市様にお仕え致して参りました。些《いささ》か御性格も存じ上げておりまする。正直に申しまして、決して秀吉公を嫌ってはおられないのかな、との印象を持ちました」

「ならば、なんで断ったのよ？」

「それは、恋の駆け引きではないかと……はい」

「あ？」

長秀の顔が、急に険しくなった。

「恋の駆け引きやと……よし、与一郎、一旦目を瞑《つぶ》れ」

「はい」

と、瞑目《めいもく》した。長秀が立ち上がり、こちらに近づく気配が伝わる。

「目を開けよ」

「御意……うッ」

開いた目の先、五寸（約十五センチ）に長秀の大きな牛顔があった。中腰の姿勢で与一郎の目を覗き込んでいる。

「与一郎、主従の間で嘘はいかんがね」

「う、嘘？　あの……」

しどろもどろになった。

「おみゃあは今、わずかな間に『正直に申して』と三度もゆうたな。別段口癖とも思えんし、三度も『正直』をくりかえされると、無性に『嘘』を疑いたくなるもんなんだわ」

「あの……いや」

「止めとけ。おみゃあに嘘は似合わん」

「あの……はい」

もう駄目だ。完全に見透かされている。

「嘘は言わんな？」

「御意ッ」

「では訊こう。於市様の答えは、本当のところどうだったのよ」

「こ、断られました」

「その断りは、恋の駆け引きか？　兄さにもまだ勝機はあると思うのか？」

「いえ、本心からお断りになられたものと思われまする」

居たたまれずに平伏した。月代の辺りが、長秀の袴《はかま》の裾をかすった。

「困ったもんだがね」

長秀は、与一郎の前にドッカと腰を下ろし、腕組みをして首を傾げた。

「どうして、於市様に気があるかのような出鱈目をワシにゆうた？　於市様から色よい返事を引き出せずに、保身に走ったか？」

「それもございます。さらには……」

侍女団に交じっていた与一郎と因縁の深い和音が「与一郎憎し」のあまりに、於市に秀吉に関する悪材料を並べ立て、吹き込んだものと思われることなどを、今度こそ正直に伝えた。

「お役目を果たせなかった過半の責は、それがしに原因があるのかと思えば、秀吉公の御勘気《ごかんき》が恐ろしく。つい出鱈目を……申しわけございませんでした」

再度平伏した。今回は茶筅《ちゃせん》に結った髷《まげ》の先が、長秀の袴に触れた。

「ワシは曲がりなりにもお前の主人や。今後ワシには、良きことであれ、悪《あ》しきことであれ、事実のみを過不足なく伝えろ。ええな？」

「御意ッ」

「誓うな？」

「父の墓に賭けて、お誓い申し上げまする」

父遠藤喜右衛門《きえもん》の墓は、遠藤家の故地須川《すがわ》にある。与一郎自身が建てた。

「唐土《もろこし》では『民、信なくば立たず』とかゆうそうや。主従の間も同じだがね。これで今日からワシとおみゃあは、本物の主従やな？　そう思ってええな？」

「ははッ」

と、ひれ伏した。

「兄さには、ワシの方から『断られたらしい』と書状で結果だけを簡単に伝えておくわ。ただ、長浜に兄さが戻ると、必ずおみゃあを呼びつけて、直接に話を聞きたがるはずや。そのときおみゃあは、この件に関しては、真っ正直に伝えねばならん」

「真っ正直に……」

「ほうだがや。おまんは弓と馬の名手で、面《つら》と家柄がええ。小賢《こざか》しい小才子を気取る必要ァねェ。馬鹿正直な大石与一郎で売り出せ」

「はッ」

「兄さのおみゃあへの評価は一時的には下がるやも知れんが、おみゃあはワシの家来や。ワシは兄さとはまた別の物差しでおみゃあを見とる。不安に感じることはねェ」

（ええ御主人やわ……よかった）

安堵の吐息とともに、勢いよく平伏した。額が畳をドンと叩いた。

二

その二日後、与一郎主従五人は琵琶湖東岸を南下していた。

三ノ丸の屋敷に、大和田宗衛門、従僕の虎松、小吉の三人を残し、残る四人を与一郎が率いて大和国信貴山城を目指している。

長秀からの命令は、以下の如し――

「おまんさは岐阜でのお役目をしくじった。そりゃ、於市様に振られたのは兄さだから、おまんさは受けることはなかろうが、それでもさ、兄さのおまんへの評価はただ下がる。そこでな……」

謀反人松永久秀が籠る信貴山城の情報収集を命じた。要は物見である。

「なにも敵城内に忍び込んで調べろとまでは言わん。ただ、城とその周辺の絵図はどうしても欲しい」

と、文机の中から一枚の絵図を取り出し、与一郎に渡した。

「これは信貴山の大体の地図だがね、しかし、これでは方向が分かる程度で精密さに欠ける。おまんは、城や曲輪の配置、切岸《きりぎし》や堀切の場所など詳しい絵図を作って来い。東の大手側と西の搦手《からめて》側、両方欲しい」

信貴山城は、堅固な山城だ。しかも城兵が八千人とかなり多い。現在北陸に四万人を割き、広範な領土に兵を分散させている信長としては、いずれ信貴山城を攻める人数の不足に悩まされるはずだ。一般に、城攻めには、城兵の三倍の人数が必要とされる。八千人が籠る堅固な山城となれば、少なくとも二万五千、否、三万人は集めたいところだ。今はまだ秀吉軍の配置は北陸だが、早晩呼び戻され大和国へと派遣されるのは必定と長秀は読んでいる。

「必ず、おまんさが集めた情報が、秀吉公のお役に立つときがくるがね」

と、長秀は励ましてくれたが、現に秀吉は大和から遠く離れた北陸で戦っている。今後、信貴山城に派遣されるとは限らない。つまり与一郎の物見は無駄骨になるかも知れないのだ。しかし、大きな勝利は、小さな無駄を積み重ねたその結果とも言える。

「果たして、本当にそうでござろうか？」

行商人の姿に身をやつした左門が、歩きながら呟いた。

「小さな無駄を細々《こまごま》と省いていった先にこそ、大きな勝利が待っているのではござるまいか？」

「確かに無駄を省けば、身の動きが軽うなりますからなァ。戦場では、俄然《がぜん》有利になりましょうなァ」

やはり行商人風の衣装で歩く義介が、左門の丸く出っ張った腹を眺めながら応じた。腹の脂――無駄の最たるものであろう。

今回の旅、与一郎も徒歩である。雪風は屋敷の厩《うまや》で留守番だ。そもそも五人は武士の格好すらしていない。弁造は気に入っている遊行僧姿、日頃から頭髪を剃《そ》り上げているので様になっている。左門と義介は雑貨を商う行商人の風体だ。与一郎と弦丸は、それぞれ弓を持ち、犬皮の尻敷を腰に巻き、山刀を佩《お》びた猟師《またぎ》装束《しょうぞく》である。大体近江や越前訛《なま》りの武家が、敵地であれこれと聞き込みをしていたら、まずは捕まるか殺されるかするだろう。となれば、変装は必須なのだ。

「左門さんは、今回のお役目が無駄やと、遠回しに言いたいのかなァ？」

最後尾を与一郎と並んで歩いていた弦丸が、身を寄せ耳元で囁いてきた。左門に聞こえないようにとの配慮だろうが、それにしても距離が近い。女の息に耳穴をくすぐられ、与一郎は思わず身震いした。

「そう思うなら、俺にそう言うさ。遠慮がないのが大石家の家風やからな」

「身共が思うに、無駄にも二途があるのよ」

先頭を歩く弁造が、左門に振り向いた。

「諦め、放置している無駄と、無駄を承知で、それでも敢えて挑戦する無駄や、前者は組織《いえ》を腐らせ、後者は大勝利へと導く……殿、如何でしょうか？」

「なるほど……勉強になるよ」

最後尾から与一郎が答えた。

「さいですか？　エへへへへ」

弁造が機嫌よく笑った。

ただ、与一郎としてはこの際、無駄云々はどうでもいい。折角長秀が、岐阜での失敗を挽回《ばんかい》する機会を与えてくれたのだ。全力で取り組み、結果を出すしかないだろう。仮に集めた情報が羽柴家の役にはたたなくとも、「与一郎はちゃんとやった」「大石はやるべきことはやる」との実績だけは残したい。播磨国と但馬国を広く物見する高虎には遠く及ばないが、与一郎なりに頑張る。少なくとも中年男女の仲を取り持つ役目よりは、よほど気合が入るではないか。

一行は安土で一泊し、翌日は唐橋《からはし》を渡って大津から逢坂山《おうさか》を越えた。道林の追分（現在の髭茶屋《ひげちゃや》町）で一泊。翌日は南へ折れて奈良街道に入り、昼前には宇治に差し掛かった。

長浜から宇治までは、大体二十里（約八十キロ）である。ここから先は二手に分かれる。弁造と左門と義介には、生駒山地の東側、このまま奈良街道を南下させる。与一郎と弦丸は生駒の西側、東高野《ひがしこうや》街道を下る。どちらの道も、宇治から凡《およ》そ十里（約四十キロ）ほどだ。

信貴山城は、平地からの比高が百四十丈（約四百二十メートル）ほどの雄岳山頂に本丸を置く典型的な山城だ。奈良盆地側の東斜面は、一里（約四キロ）弱進んで百四十丈上る程度の緩い勾配《こうばい》で、農地が多く、大手門への道もよく整備されている。対して西側は勾配がきつい上に森が深く、大軍の行動には適さない。当然、総大将が率いる本隊は東から攻め上り、西からは少人数の奇襲隊が城壁に迫る、そんな策となりそうだ。

弁造たちには、信貴山城の東側、奈良盆地の北西に位置する斑鳩界隈《いかるがかいわい》を「詳細に調べよ」と命じてある。長秀が、攻城側の本陣は「斑鳩の辺りに置かれる」と予測しているからだ。斑鳩の南側、東西に流れる大和川《やまとがわ》を越えたところに比高十五丈（約四十五メートル）ほどの丘があり、信貴山城の付城《つけじろ》（片岡城《かたおかじょう》）があるので、そこの情報も欲しいところだ。

一方、与一郎と弦丸は生駒山地の西側から山に分け入り、信貴山城の裏手にあたる急峻《きゅうしゅん》な斜面を上り、堀切や竪堀《たてぼり》、切岸などの防御施設の有無や配置などを調べることになっていた。現代で言えば、ちょうど近鉄のケーブルカーが通っている辺りであろうか。

「旅も三日目や。そうそう無理はできませんぜ」

別れ際、弁造が与一郎に質した。

「陽もう高いし、今日中にはとても着けない。途中どこかで一泊とゆうことになりますが、ええですか」

「ああ、無理することはない。ただ、街道は確実に松永側から見張られとる。下手に夜陰に乗じようとするな。怪しまれる。折角変装しとるんや、昼間に堂々と斑鳩に入れ」

「御意ッ」

「左門、物見中は『ウラ』と『ござる』は止めとけ。『俺』でも『ワシ』でもえが、越前訛りの『ウラ』は特に耳に残るからいかん。『ござる』も商人にしては大仰過ぎるやろ」

「そうでござ……や、そうですかねェ」

左門、御国言葉を禁じられてやや不満そうだ。

「もし、緊急の報せがあれば、義介を走らせろ。俺を待つことはない。そのまままっすぐ長浜城に帰って、宗衛門の指示を仰げ」

「御意ッ」

それだけ指示して、左と右に分かれた。ここからは弦丸と二人きりの道中だ。

「お前、なにをニヤニヤしとるんや？」

「別に……」

「これはお役目やぞ。物見遊山ではない」

歩みを止め、弦丸に向き直った。この辺で、一度しっかりケジメをつけておく必要があるだろう。弦丸も足を止めた。

「さっき左門さんに『ウラ』は駄目って言ってましたよね？」

「おう、大和国で密偵するなら、越前言葉は止めとけゆう意味や」

「言葉で素性がばれるものね」

「そうや」

「なら『殿』や『殿様』もまずいと思います」

「や……」

確かに正論だが——徐々に弦丸の魂胆が見えてきた。

「お役目だからこそです。私たちは夫婦の猟師なんやから、女房が亭主を『殿』は変です」

（か、完全に人選を間違えたなァ）

与一郎は心中で臍《ほぞ》を噛《か》んだ。互いに弓を使うわけだし、猟師夫婦との設定で丁度いいと思ったのだが、弦丸は与一郎との旅を楽しんでしまっている。お役目どころではない。これでは名誉挽回などおぼつかない。

「普通は『あんた』やろね。『与一郎はん』でも、『与一ちゃん』なんかでも私はええけど」

と、一歩近寄り、与一郎の右腕に左の腕を絡めてきた。心なしか胸を押し当てている印象だ。

（この女……子供産んだら、急に大胆になりおって……昔はもう少し慎みがあったぞ）

「私は『与一ちゃん』がええです」

「や、せめて『あんた』にしておこう」

「分かった……あ・ん・た！」

（あ、阿呆……）

与一郎の女難、もうしばらく続きそうである。

古《いにしえ》の忠臣、楠木正成《くすのきまさしげ》の倅二人（正行《まさつら》と正時《まさとき》）が討死した四条畷《しじょうなわて》の辺りで「眠れない緊張の一夜」を過ごした後、翌朝早くに露営地を発った。信貴山の辺りまで、南へ三里（約十二キロ）ほどだ。

（糞ッ。寝不足や）

焚火を焚いて野宿をしたのだが、弦丸がいつ圧《の》し掛かってくるやも知れない。

そう思うとなかなか寝つけなかった。与一郎も一応は男だから、襲われたら襲われたで、本能の赴くままに振舞えばいいのだが、やはり頭のどこかで——

（俺への当てつけで、好きでもない男に帯を解く女や。知らぬ男の子供を産んで、俺のことを「父上」と呼ばせて平気な女や）

そんな思いがどうしても拭いきれない。ただ、彼女の問題行動のすべては「与一郎への愛に起因している」との見方もできなくはないが、たとえ本当にそうだとしても、この女の生き様は危険過ぎる。


一刻半（約三時間）ほど、左に生駒の尾根筋を見上げながら歩いたころ——。

「あんた」

急に弦丸が足を止め、与一郎の袖を引いた。

「人がくる。四、五人や。左から坂を下ってくる」

一刻半歩いたなら、信貴山は近いはずだ。松永方の見張りの可能性が高い。

「藪《やぶ》に入ってやり過ごそう」

「うん」

足音を忍ばせて、繁みの中に身を潜めた。三呼吸（約十秒）する間に、下草を踏む足音が聞こえ、やがて森の中から武装した武士が四人、姿を現した。三人の槍足軽を率いた徒武者だ。

（さすがは元猟師や。人数まで当たっとる）

与一郎は、弦丸の勘の鋭さに舌を巻いた。山の獣と命を懸けて競い合う中で、感覚が研ぎすまされていくのだろう。とはいえ、弦丸が猟を止めてから大分経つ。これでもかなり、野性の感覚は鈍ってきているはずだ。現役のころなら、一町（約百九メートル）や二町先から気づいていたのではあるまいか。

見張りの足軽組は、与一郎たちが隠れている繁みの前を通り過ぎた。

（妙に堅いなァ）

与一郎は違和感を覚えた。雑兵が三人、四人とつるめば、下卑た冗談が出て、皆で馬鹿笑いしながら歩くのが普通だ。ところがこの組は寡黙だ。四人押し黙って、静々と歩いていく。

「戸田《とだ》様」

二番目を歩いていた足軽が、前を行く徒武者に呼びかけた。

「なんや？」

徒武者が、歩きながら振り返ったそのとき——

「あの……すんません」

ドスッ。

一瞬、足軽が、戸田と呼ばれた徒武者に抱きついた。

（おおッ）

危うく声を出しそうになり、与一郎は己が掌で口を押さえた。傍らにうずくまる弦丸も、与一郎の腕をギュウと摑んだ。

鮮血がポタポタとしたたり落ちた。徒武者の具足の胴と草摺《くさずり》の間、揺るぎの糸の辺りに、深々と短刀が突き立てられている。二番目を歩いていた足軽が、徒武者を刺したのだ。

「き、貴様ッ」

徒武者は下腹に刺さったままの短刀には委細構わず、足軽を突き飛ばし、腰の打ち刀を抜こうとしたが――

ドン。ゴンゴン。

残りの二人の足軽から槍の柄で殴り倒された。ドウッと倒れた顔がちょうど与一郎の方を向いている。首が不自然な方向に曲がり、目を見開いたままピクリとも動かない。

（あれは、もう死んどるなァ。首の骨でも折れたか）

本職の槍足軽が持つ槍は、竹製の粗悪な数物とは違う。重さが一貫（約三・七五キロ）以上もある樫《かし》の持槍だ。その打撃をまともに受ければ、骨などは簡単に砕ける。

足軽たちは戸田の体から甲冑や刀を剝ぎ取ると、互いに頷き合い、北西の方向へと駆け去った。

（ふん、嫌なもんを見せられたな）

戦場には幾度も出ている。これ以上に凄惨な場面を数多《あまた》見ている与一郎だ。しかし、同士討ちだけは質的に別物で、実に不快である。

藪の中でスックと立ち上がった。

「駄目だよ。奴らが戻ってくるかも知れない」

心配した弦丸が、与一郎が腰に巻いた犬皮の尻敷を摑んだ。

「上役殺して、身ぐるみ剝いだんや。もう奴らは戻ってはこんさ」

と、戸田の遺体に向け、スタスタと歩き出した。

「ちょっと、なにする気？」

背後から弦丸の声が追いかけてきた。

「ほんの武士の情けや」

何をするでもない。戸田に如何なる義理も思い入れも無い。ただ、こんな人通りもまばらな草叢《くさむら》の中で倒れた一人の男の死を悼《いた》む者が、「この世に一人ぐらい居てやってもいい」と考えていた。

与一郎は、戸田の遺体の傍らにうずくまり、しばし合掌した後、後頭部を左手で押さえ、見開かれたままの戸田の両眼の瞼《まぶた》を掌で押し下げた。しばらく待つと、瞼は完全に閉じられ、手を離しても元に戻らなくなった。

（これでええ。あんたは眠るんや。静かに、穏やかに眠ったらええ）

戸田の遺体から離れ、弦丸の元へと帰った。

「あんた……」

「戸田を殺した足軽たちは素人《しろうと》やなかった」

与一郎が、戸田の遺体を振り返りながら呟いた。

「あの身のこなしは歴《れっき》とした槍足軽や。そんな奴らが、上役を殺してまで逃げ出した。恨みで殺したんやないぞ。殺す前に『すんません』とかゆうたやろ？」

「うん、聞こえた」

「戸田はむしろ、ええ小頭やったんやないかな。でも、強大な織田家に歯向かおうとする無分別な松永の殿様に、足軽たちは愛想を尽かした。一緒に沈むのは誰かて御免や」

「信長は特に残忍やしなァ。越前の府中を落とされた時のことを思い出す。私も信長と戦うのは嫌や」

二年前の天正三年（一五七五）、当時、弦丸のいた越前府中は織田勢に蹂躙《じゅうりん》されて文字通り焼き尽くされた。

「ただ、逃げるとなると上役は邪魔や。それで戸田を殺した。俺はそう読む。信貴山城には八千人が籠ったとも聞くが、内情はボロボロなのかも知れんのう」

「これ、長秀様に話そうよ。あんたの手柄になるよ」

「おう、話すさ」

と、横たわる戸田を見た。

「奴のお陰で、俺は長秀様から褒められるやも知れんなァ。有難いことよ」

戸田の遺体は、目を瞑ったたまま、草叢の中でジッと動かずにいた。

三

信貴山城は、生駒山地の尾根筋にはない。西から上れば、尾根を越えて、四半里（約一キロ）ほど東に――つまり奈良盆地側に――山中を歩いた雄岳山頂に聳えているそうな。よって今現在、山地の西側の麓《ふもと》を歩いている与一郎たちからは城の姿はまったく見えない。ただ、見張りの兵が巡回していたからには「城は近い」とみていいだろう。今見上げている尾根にまで上れば、一気に展望が開け、すぐ向こう側に見えるのかも知れない。

「この辺りから上ってみるか？」

与一郎が弦丸に質した。

「さっき戸田たちが下りてきた踏み分け道を、逆に辿って上ろうよ。歩き易いし、音もしにくい」

山歩きは本職の弦丸が提案した。本日、天正五年八月二十四日は、新暦に直せば十月の五日だ。まだ林床の藪は枯れておらず歩き難《にく》い。草を掻《か》き分けて進めば、ザワザワと大きな音がする。総じて、戸田たち四人が草を踏みつけつつ下ってきた道を、逆に辿る策は大正解だ。

「ではその伝《でん》で参ろう。お前が先を歩いてくれ」

「うん」

今し方、ずば抜けた野性の直感を見せつけられたばかりだ。主だからと、男だからと、威張って先を歩く気にはならなかった。

急登《きゅうと》ではあったが、四つん這いで上るほどの坂ではない。弦丸と与一郎は、弦丸が狩猟用に工夫をこらした半弓をそれぞれ手に持ち、二十五本の毒矢を挿した箙《えびら》を腰に、ドンドンと坂を上った。

まだ城郭自体が遠いためか、防御のための造作などは、この斜面には一切施されていないようだ。要は、木々が生い茂る普通の山腹である。

途中、二度ほど気配があって、巡回中の足軽組に遭遇したが、距離が遠く、草叢に屈む程度でやり過ごせた。

「鳥は目がええし、熊は鼻と耳がええ。鹿は、目も鼻も耳もよう利く。山の獣に比べれば、人から身を隠すことなんぞ、屁《へ》でもないわ」

前を歩きながら女猟師が呟いた。

以前から感じていたのだが、弦丸に前を歩かせると困ることがある。登坂のとき、彼女の尻が与一郎の顔の前にちょうどくるのだ。見まいと思っても、自然に目が行ってしまう。今回は犬皮の尻敷を巻いているから、丸い輪郭が隠れ、まだましな方だ。

薄暗い森の坂道を上りながら、与一郎は人知れず頬を染めた。ちなみに、弦丸は与一郎より二つ歳下だから、今年で二十歳になった。

大汗はかいたが、四半刻（約三十分）と少しで尾根に辿り着いた。ただ、尾根筋にも樹木が生い茂っており、期待したような眺望は望めない。長秀から注文された城の絵図も描かねばならないし、与一郎はどうしても、信貴山城の全体像を把握しておきたかった。そのためには、少し離れた場所から眺めるのが一番だ。

「木に上ってみようか？」

まだわずかに息を弾ませながら、弦丸が傍らに聳える椚《くぬぎ》の幹を叩いた。木に上らせれば猿並みの弦丸である。

「や、今日は風も無いし、森の木が一本だけ揺れたら、遠くから目立つやろ」

直立する樹木に上るなら、人が上っても揺れないような巨木は、手が幹に回せないのであまり適さない。上り難い。ある程度幹は細い方が上り易いのだが、そうなるとやはり揺れる。梢《こずえ》などはユサユサと大きく振れるから、遠くからでもよく目に付くのだ。

「あっちに高台があるよ」

と、左の彼方、やや高くなった場所を指さした。

「あそこなら木が少ないから、東側が見通せるかも」

日に焼けた頬を紅潮させ、薄《う》っすらと汗をかいている。菅笠《すげがさ》をとり、手拭で汗をぬぐう姿が、なんとも艶《なま》めかしい。

(今夜も弦丸と二人で泊まるんやろか……不安やなァ。俺の方が圧し掛かってしまいそうや)

多分、弦丸は嬉々《きき》として受け入れるだろう。目くるめく一夜の後、弦丸は夫婦となることを強く求めてくるはずだ。で、そしてその押しに、おそらく与一郎は抗しきれない。かくて弦丸のあの丸い尻に敷かれた、惨めな人生が始まるのだ。

「あんた、どうかした?」

「え? 別に」

与一郎は心中の思いを見透かされることを怖れ、懐から絵地図を取り出して広げて眺めた。

「多分あれが高安山《たかやすやま》やろ。古《いにしえ》の砦があった場所や。行ってみるか」

「うん」

「今度は俺が先に立とう」

「ええけど……あそこは見通しがええ。敵の見張りがおるやも知れんから、私が先の方がよくはないか？」

「そ、それもそうやな。では、お前が先に行け」

「うん」

と、丸い尻が先に立って歩き出した。与一郎、深いため息を漏らしながらその後に続いた。


高安城は古代に大和朝廷が築いた砦だが、近づいてみると、遺構というよりも、最近手を加えた痕跡が見てとれた。所々、空堀を深く掘り、残土を土塁として掻き上げた箇所が散見される。ただ、そのどれもが中途半端な普請《ふしん》で、放置されているのだ。違和感を拭えない。

（これ、普請をやりかけて中止したのやろうなァ。おそらくは松永方やろ。古の城に手を加え、出城にでも使おうとしたが、途中で諦めたんや）

今は放置され、見張りの足軽でも置いているだけ――そんなところだろう。

弦丸の背後から、身を屈めてジワジワと近づくと、やはり松永方の見張がいた。山頂にある、おそらくは曲輪だったであろう棚状の地形に、下から窺う限りでは二人の足軽の姿が見える。

「二人きりか？　他にはおらんのか？」

「さあ、なんともね。ああしてジッと立っていられると分からないよ。動くことで気配は伝わるんやから」

弦丸が困惑顔で囁いた。山の獣も同じらしい。外敵の存在に気づくと、獣はまず動きを止め、自らの気配を消そうとする。逃げ出すのはそれからだ。逆に老練な猟師は、獣道で待ち伏せをかけ、「おい」とか「こら」とか、わざと獣に声をかけ、相手が人語に驚き、動きを止めた一瞬を狙って矢を射込む。

「で、どうする？」

弦丸が質した。どこか状況を楽しんでいるようだ。

「毒矢を使って見張りを倒す」

「ええなァ」

弦丸がニヤリと笑い、右腰の箙を叩いてみせた。

(やはり、この女子《おなご》はあかん。毒矢で人を射ることを楽しんどるわ。劣情に負け

て圧し掛かったら後々大変なことになるぞ。嗚呼、ツルカメ、ツルカメ）

「お前は半町（約五十五メートル）までにじり寄れ。当てられるな？」

「勿論」

一般に、和弓で狙って射て当てられる有効射程は、半町と言われる。ちなみに、最大射程は概ね四町（約四百三十六メートル）だ。半町だと有効射程ギリギリのようだが、二人の鏃《やじり》にはトリカブトの毒が塗ってある。凶悪な毒矢だ。熊をも倒す。毒矢なら、たとえ急所を外しても「当たりさえすれば」相手を確実に倒せるわけで、だからこそ半町の距離から狙わせても大丈夫と判断した。

無論、不利な点――弓が猟師用の半弓であること。下方からの射上げになることと。有利な点――毒矢であること。弦丸は、人より的が小さく動きの速い兎《うさぎ》や狐《きつね》、狸や栗鼠《りす》を獲物にしてきたこと。すべてを勘案した上での「半町」だ。

「俺は、大きく巻いて曲輪の向こう側から近づく」

足軽がいる曲輪の左奥に、一段高い別の曲輪が見える。あそこからなら足軽のいる曲輪が丸見えだから、人数を調べられるだろう。

「配置に着いたら、鳥に似せて指笛を二度吹くから、それを聞いたらあの二人に毒矢を射込め」

「うん」

「あの二人以外の敵は俺が始末する。もし、敵が四人以上おって手に余るようなら、指笛は吹かんでここに戻ってくる」

「分かった」

「陽が真上にきても、指笛が鳴らず、俺も戻ってこなかったら、最前、尾根に取りついた辺りまで戻れ、そこで待ち合わせや」

「委細承知ッ」

「では、参るぞ」

「あんた、気をつけてね」

「ああ……お、お前もな」

と、ぎこちなく一別した。夫婦らしさが板についてき始めている。危険だ。

森から出ないようにしながら、弓を手に身を屈めて大きく回り込み、足軽が詰めている曲輪の反対側（北側）へと出た。土塁をよじ登ってさらに一段高い曲輪へと侵入する。この曲輪は多分、高安山の頂上部にある第一の曲輪なのだろうが、やや奥まっており、見える範囲が限られてしまう。そこで、見張りの足軽たちは、第二の曲輪に陣取っているのではあるまいか。

第一の曲輪は草木が生い茂っていた。松永方がこの曲輪に手を入れた様子はない。第一の曲輪の端まで這っていき、第二の曲輪を覗き込んだ。

(わわッ。六人もおる)

第二の曲輪内には、六人の敵兵が屯《たむろ》していた。襲うにしても、日が暮れた後でなければ難しい。なにせこの場所は、敵城から四半里(約一キロ)しか離れていないのだ。やるからには瞬時に片付けねばなるまい。長引けば応援が駆けつけかねない。無論、指笛は吹かない。帰り支度を始めたその時――

ケン、ケ――ン。

雉《きじ》だ。雄雉が鳴いた。

(なんぼ弦丸が阿呆でも、まさかあれを指笛とは思わ……ああッ)

一人の足軽が声も挙げずにもんどり打って倒れた。下の方から飛んできた矢が喉に突き刺さったのだ。

「て、敵襲ッ!」

と、殺された足軽の隣で相棒が仲間に叫んだ刹那《せつな》、矢が後頭部に突き刺さり、二人目の足軽も倒れた。さすがは弦丸だ。与一郎が命じた通りの役割を果たしている。ただし、与一郎は指笛は吹いていない。

「下からやッ。下の方から矢がくるぞ。気をつけろ」

「鉄砲、持ってこいや」

などと、第二の曲輪内では残された四人が、大騒ぎをしながら臨戦態勢を整え始めた。あそこで鳴いた雄雉には文句を言いたいが、襲撃が始まってしまったからには、自分も参戦するしかない。半弓を構えると、右腰の箙から毒矢を二本抜き出した。その内の一本を弦に番《つが》え、キリキリと引き絞る。

(正射必中《しょうしゃひっちゅう》、南無三《なむさん》!)

心中で念じてヒョウと放った。

「ギャッ」

鉄砲を抱え、小屋から走り出てきた足軽の首を右から左へと与一郎の毒矢が貫いた。残りは三人だ。すぐに次の矢を弦に番えた。

「上にもおりまする! こっちも弓や!」

ダーーーン。

チュイーーーン。

発砲音に引き続き、弾丸が過ぎる音が与一郎の耳に届いた。さすがに首が自然にすくんだ。

（糞がッ。殺してやる）

発砲した足軽への怒りを込めて、キリキリと弓を引き絞った。弦丸の使う半弓は、長さは本弓の四分の三しかないが、その分、弓幹《ゆがら》を太くすることで強度を保っている。

「正射必中、南無三！」

今度は遠慮なく声に出して念じ、ヒョウと放った。

「アガッ」

鉄砲を立て、銃口から弾を装塡していた足軽が肩に矢を受けて仰《の》け反り、鉄砲を放り出して苦しみ始めた。通常の鏃なら肩に当たったぐらいでは、どうということもないが、毒矢となると、苦しみ悶《もだ》え、やがて呼吸が止まり、死に至る。

四

残りは二人だ。小屋に隠れているのだろう。曲輪内には四人の足軽の死体が転がるだけで人影は見えない。早速、三本目の毒矢を弦に番えた。

「おい弦丸ッ」

向かって右の斜面下方に潜んでいるはずの弦丸に、大声で呼びかけた。

「敵はまだ二人おる。鉄砲もあるようや。油断するな」

返事はない。当然である。声を出せば位置と性別が露見する。

「お〜い、松永の御家来衆よ」

今度は、第二の曲輪に向け声をかけてみた。

「なんやァ」

小屋の中から返事が戻ってきた。

「その曲輪は、十人の弓兵に囲まれとる。勝ち目はないぞ。命までは獲らんから観念して降伏せい」

こちらの弓の腕前は十分に分かっているはずだ。矢を受け、手足を痙攣《けいれん》させて苦しんだ後、すぐに動かなくなる者を見ているから、あるいは「毒矢だ」ということに気づいているのかも知れない。降伏する可能性は十分にあると、与一郎は見ていた。

「東高野山街道を下ってきたが、脱走したらしい足軽と幾度もすれ違ったわ」

これは嘘ではない。具足を脱ぎ、具足下衣姿だから足軽だとすぐに分かる。

「小頭の戸田殿を知っとるか？　最前戸田殿は配下の足軽に殺されよったぞ。殺した足軽はもう逃げた」

　これも本当だ。

「明日にも織田は、六万の大軍で信義山城を囲《こ》む《こ》つもりや。皆殺しにされるぞ。悪いことは言わん。時流の読めん阿呆な大将なんぞ見限って、早よ逃げ出した方が身のためや」

　これは大嘘である。織田家の現況に鑑《かんが》みて、大和国に六万の派兵は到底無理だ。ただ「脱走を勧める気持ち」に嘘偽りはない。

「き、喜十郎《きじゆうろう》は死んだのか？」

　第二の曲輪から、姿を見せることなく悲愴《ひそう》な声だけが返ってきた。あるいは、朋輩か肉親であったのかも知れない。

（戸田の名は喜十郎とゆうのか？）

「その戸田殿は配下の足軽に刺されて死んだ。身ぐるみ剝がれて、今も街道脇の草叢に転がっとる。もうこんな戦、止めとけ。すぐに降伏して家に……ん？」

　ガササッ。

　背後の草叢で物音――与一郎が振り向くのと同時に、刀を振りかざした足軽が二人、飛び出してきた。

（ふ、ふ、二人やとォ？）

与一郎が目を剝いた。

（け、計算が合わんやろ……最初六人おって、弦丸が二人、俺が二人射殺《いころ》した。一人は小屋の中におる。残りは一人のはずで……）

「このッ」

心中で数的な不条理を嘆いている場合ではない。弓を引き絞る手ももどかしく、近い方の足軽の顔に向け毒矢を射込んだ。

ドスッ。

「ギャッ」

近距離から矢を顔に、それも眉間の辺りに深々と射込まれ、仰け反るようにして倒れた。その場で七転八倒し始める。

「死ねッ」

もう一人が、暴れる相棒の体を跳び越え、刀を遮二無二《しやにむに》振り下ろしてきた。

ガスッ。

与一郎、半弓を横に薙《な》ぎ、かろうじて切っ先をかわした。弦が「ブン」と音を立てて切れ、反り返っていた半弓が大きく撓《しな》り、跳ねて、与一郎の手からもぎ取られた。

足軽に抱きつかれ、押し倒された。かぶさってきた顔がグンと近づく。髭面だ。手には錆刀《さびがたな》、目が血走っている。与一郎に腰の山刀を抜く暇はない。このままではやられてしまう。なにしろ刀を持っている腕を摑み、自由にさせないことが肝要だ。

「ほらさッ」

反射的に、相手の鼻を狙い、額を強か《したた》打ちつけた。頭突きである。

「あがッ」

頭を仰け反らせた隙に、刀を持つ右手首を左手でようやく摑んだ。これで一安心。籠手を留める手首の紐《ひも》に指を絡め、簡単には振り払われないように工夫した。上になっている足軽の鼻血が垂れ、与一郎の顔に滴り落ちる。気持ちは悪いが、命がかかっている。それどころではない。

(あ、そうや……)

格闘しながらも、与一郎の頭の中は冷静だった。最前の謎が解けた。

(数え間違いやない。やはりあの時、第二の曲輪には六人しかおらんかったんや。でも、事実もう一人いた。小便か糞にでも行っていて、偶《たま》さかあの場に居なかっ

ただけや）

馬乗りになられている与一郎は一見不利なようだが、士分と足軽が組討した場合、概ね士分の方に分があった。士分は嗜《たしな》みとして子供の頃から、弓・馬・槍・剣などの他に、小具足腰 廻《こぐそくこしまわりのじゅつ》術の一環として捕手術《とりてじゅつ》（逮捕術）や柔術を叩き込まれるからだ。組討、格闘戦には一日の長があった。多くが農民の出で、体力勝負の足軽はどうしても不利になる。

「えいさッ」

右足を撥《は》ね上げると同時に右手で足軽の左腋下《えきか》を突き押し、敵の手首を摑んでいる左手をさらに左方向へと引いた。三ヶ所で同じ方向に力が加わると、人の体は大体動く。足軽は簡単に与一郎の左側へ、ゴロリと転がり落ちた。間髪を容《い》れずに体を入れ替え、今度は与一郎が馬乗りとなった。刀を持つ敵の右手だけは摑んで放さない。自由にさせない。

（さてさて、どうするか？　刀を奪うか？　腰の山刀を抜くか？　それとも縊《くび》り殺すか？）

と、一瞬迷ったが、結局、右手の拳で殴りつけることにした。勿論、左手は敵の刀を封じるのに忙しい。

「ほらッ」

　ゴン、ガン、ゴン。

　二度三度と顔を殴るうちに、組み敷いた足軽の力がフッと抜けた。最初に強烈な頭突きを食らっている。あれも相当効いていたのだろう。血塗《ちまみ》れの顔で白眼を剝いた。気絶しているようだ。

（よし、大人しくなりおった。ええ子や。ちと刀を借りるぞ。俺を恨むなよォ。時代が悪いんや）

　気絶した足軽の錆刀を奪い、喉に突き刺そうとした刹那、与一郎の目の端に、動く人影が映った。最前、顔に矢を射込んだ足軽が復活したのか、とも思ったが彼ではなかった。今度は徒武者だ。第二の曲輪から、土塁をよじ上ってきたようで、鉄砲を手にしている。

（小屋に隠れてた奴や。戸田の朋輩や。て、鉄砲持っとるわ）

　第一の曲輪は草茫々《ぼうぼう》の平地だ。身を隠す場所はない。走って逃げても背中から撃たれるだけだ。

　与一郎は、足軽に止《とど》めを刺すのをやめた。具足の胸板を摑んで引き摺《ず》り上げて立たせ、背後から抱くようにして、気絶した足軽の体を徒武者に向けた。弾除《たまよ》けである。徒武者は与一郎に銃口を向けた。火鋏《ひばさみ》には燃える火縄がすでに装塡されている。火蓋を切る音がカチリと響いた。おそらくは六匁筒だろう。南蛮胴をも撃ち抜く強力な鉄砲だ。

「それで弾除けのつもりか？」

鉄砲を構えたまま、徒武者が冷笑した。

「お前こそ、味方を撃つつもりか？」

与一郎が反撃した。

「吾作《ごさく》はもう死んどる」

「阿呆ッ。まだ生きとるわ。なんなら撃ってみろ。赤い血が吹き出すぞ」

「黙れ乱破《らっぱ》！　死体が楯《たて》になどなるものか。なにせこの距離や。弾は吾作の体を貫通し、お前も死ぬ」

「素人か……鉛弾は人の体に入ると幾つにも砕け散る。貫通などせんわ」

これは本当だ、火縄銃の弾は球形の鉛である。金属としては柔らかい。実は威力（破壊力）こそもの凄いが、貫通力は劣るのだ。ただ、与一郎と徒武者の距離は四間（約七・二メートル）ほどしかない。これだけ近いと、果たしてどうであろうか、本当に貫通しないのか、与一郎にも自信はない。

「では、試してみようではないか」

ニヤリと笑った徒武者が引鉄に添えた指に、力を込めた。

（く、糞が……）

ヒュン――ドスッ。

矢が、徒武者の首の後ろから、喉の前へと突き抜けている。弦丸だ。弦丸が上ってきたのに相違ない。だが徒武者は崩れ落ちながらも、執念で引鉄を引いた。

ダ――――ン。

弾は吾作の胴に命中し、彼と与一郎は後方へと弾き飛ばされた。

「あんたァ！」

弦丸が半弓を投げ捨て、駆け寄った。

「だ、大丈夫や。腰を打った程度や」

と、吾作の軀《むくろ》をどかして身を起こすと、早速遺体を調べ始めた。具足の胴の背中側が、何ヶ所か不自然に膨らんでいる。

（おお、これは……危なかったなァ）

確かに、吾作の体に撃ち込まれた鉛弾は、体内で粉々に砕けたのだろう。しかし、その内の数片は、まだ威力を保っており、体から飛び出したのだ。もっとも鉄の胴を内側からもう一度突き破る力は「さすがに残っていなかった」ということではあるまいか。もし吾作が具足を着けていなかったら、背後に密着していた与一郎は、少なくとも大怪我《おおけが》を負ったはずだ。鉄砲、恐るべし。

「今、二回発砲があった。松永勢が様子を見に、ここまで来よるぞ」

「早く逃げよう」

「そうもいかん。信貴山城の全体を見渡せる数少ない機会や。俺は第二の曲輪で、敵城の見取図を描く。お前は、坂を下って見張れ、敵が来たら指笛を二度吹いて報せろ。ええか、今度こそ指笛やぞ。雉や鴉《からす》や狐が二回鳴いても、俺は絵図を描き続けるからな！」

「わ、分かった」

弦丸が困惑顔で頷いた。自分が雉の声を合図と思い矢を射たのは「間違いだった」との自覚はあるようだ。雉の奴が不用意に鳴いたお陰で、七人相手に大苦戦することになった。死ぬところだったのだ。

与一郎は弦丸の手を借り、徒武者一人と足軽六人分の遺体を崖下へと放り投げた。幸い遺体は森の中へと転がり込み、曲輪からは見えなくなった。信貴山城では、雑兵の脱走など珍しくもないはずだ。街道で脱走兵らしき者たちと数多すれ違ったし、最前の戸田組内での同士討ちの例もある。遺体が無ければ「仲間割れの挙句に皆逃げた」と敵側が勝手に勘違いしてくれるかも知れない。そうなれば、物見はし易くなる。

弦丸が坂を駆け下っていく軽快な足音を聞きながら、与一郎は第二の曲輪の東の端に立った。数羽の鳶《とび》が長閑《のどか》に鳴き交わし、与一郎の目の高さと同じ高度を舞っている。秋の風を胸一杯に吸い込む。さっきまで凄惨な殺し合いを演じていた心の荒《すさ》びが、わずかでも癒やされていく。

四半里（約一キロ）東に、やや見下ろす高度差で、広大な山城が展開していた。曲輪の数が尋常でない。山塊を覆い尽くすように、百以上もびっしりと並んでいる。山頂までよく耕された棚田の風景を彷彿《ほうふつ》とさせた。

信貴山は双耳峰《そうじほう》で、生駒山地が奈良盆地に向かってやや下る中に、雄岳と雌岳がポッカリと仲良く盛り上がって見える。その雄岳の頂上には四層の天守が聳え、四方を睥睨していた。凡そ南北に六町半（約七百九メートル）、東西に五町（約五百四十五メートル）はあろうかという最大級の山城だ。

（ここに八千人で籠られたら、半年や一年は落とせんぞ。周囲は山ばかりや。尾

根伝いに物資も運び込める。兵糧攻めも利き難いわなァ）

矢立から取り出した細筆で、簡単な見取図を認《したた》めながら、心中で呟いた。

（高安山と信貴山の間は、谷になっとるぞ）

与一郎の目算では、高安山から四半里進む間に、五十丈（約百五十メートル）下り、三十丈（約九十メートル）上る深い谷だ。谷全体が鬱蒼《うつそう》たる緑に覆われている。谷底には川が流れているのかも知れない。

（織田の別動隊は、この谷を押し渡って信貴山城を裏手から襲うのかもな。もし谷川があり、天然の水堀として機能しているのなら、一度検分しておかねばなるまいよ）

森の中を進むことになる。周囲は敵だらけ。道に迷ったり、方向を見誤ると命取りになりかねない。与一郎は前言を撤回することにした。やはり、弦丸を連れてきて本当によかった。

五

弦丸の後について密林の中を歩いた。

　高安山の麓からしばらくは、ダラダラと緩い下り坂が続く。下草が繁茂して大層歩き難いが、その分、敵兵に遭遇する心配も少なそうだ。弦丸は時折、上り易そうな高木を見つけるとスルスルと身軽に上っていき、四方を眺めては現在位置を確認した。その腰には、一匹の兎がぶら下がっている。曲輪の下で見張りをしていたときに「獲った」という。大きな褐色の野兎だ。すでに内臓を出し、血抜きも大体済ませているそうな。

（ハハハ、手際がええこと）

　ただ、猟師に化けるなら、確かに獲物の一つや二つは持っていないとおかしいだろう。弦丸の行動は正しい。

「後、三町（約三百二十七メートル）ほどで谷底につく」

　赤松の高木から猿のように下りてきて、そう報告した。

「どうするかなァ」

　と、与一郎は木々の梢を透かして空を見上げた。まだ十分に青いが、大分茜色に染まりかけている。西には高安山が聳え、ここは谷間だ。暗くなるのは余程早いはずである。

「必ず見張がおるやろ。もうすぐ陽が暮れる。今夜はここで野宿して、夜半過ぎに月が出たら、谷底まで下りてみよう」

今日は二十四日だ。月は夜半過ぎに上り、明け方に南中する。細身な弦月だが、闇夜よりはましだ。

「火は焚けんが、寒さは大丈夫かな？」

「草や枯葉を小山に積んで、その中に潜り込んで寝れば温かい。もし、それでも寒かったら、抱き合って暖を取る」

「お、俺とお前が抱き合うのか？」

「そうや、嫌か？」

「嫌とかなんとかの前に……て、照れるではないか」

「別に、私はなんともない。寒いから抱き合って暖を取るだけや」

「ま、まあな」

どぎまぎしながら、枯れ草を集め始めた。

二人は焼飯を齧《かじ》り、塩を嘗《な》め、水を飲んだだけで早々に枯葉の山へと潜り込んだ。薄暗くなった森の中に、牛が伏せたような小山が二つ、仲良く並んでいる。

「な、弦丸よ」

「ん？」

「ここは敵地や。五町（約五百四十五メートル）先には敵の城がある土地や。交代で見張りをした方がよくはないか？」

「心配ない」

感情の籠らない女の声が戻ってきた。

「人でも獣でも、誰かが近づいてくれば、私はすぐに目が覚める。それができんようなら、女一人、山中での野宿は無謀や」

「な……なるほど」

山の中では弦丸の言う通りにしておいた方がよさそうだ。

やがて夜の帳《とばり》が下り、月の無い森の中は、墨を流したような漆黒の闇に閉ざされた。森の夜は、決して静寂ではない。カサコソと周囲を動き回る気配は、野《の》鼠《ねずみ》であろうか。

キョッ、キョッ、キョッ、キョッ。

遠くで夜鷹《よたか》が鳴き始めた。夜鷹は夏鳥で、もうそろそろ南方へと渡ってこの辺の森からは姿を消すはずだ。

ガサッ、ガサササッ。

大きな動物が草を分けて進む。熊か？　猪《いのしし》か？　はたまた狼《おおかみ》か？

訊きもしないのに弦丸が「鹿や」と興味なさそうに囁いた。

「お前さァ」

与一郎が声をかけた。

「うん」

しばらく間が空いた。

「……どうして、七里頼周に抱かれたんや？」

ガサッ。

闇の中、枯れ草の饅頭《まんじゆう》から、弦丸が首を持ち上げた気配が伝わった。付言すれば、物凄い形相で、与一郎の枯れ草饅頭の方を睨んでいるはずだ。

「ゆうたやろ。あれは手籠めにされたんや」

「嘘や」

「嘘やない！」

「お前みたいなおとろしい女子を手籠めにして、どうして頼周が無事でおれるんや？　そんなことをした男は、股座《またぐら》に毒矢を射込まれ、悶死《もんし》するのがオチやろうが、違うか？」

「な……」

それ以降、弦丸は口を閉ざし、結局、頼周との経緯《いきさつ》は聞けなかった。

夜半過ぎ、互いに小さく声をかけ合いゴソゴソと起き出した。木々を透かして、東の空に痩せた下弦の月が窺える。明るすぎず暗すぎず、この程度の明るさが敵地偵察には丁度いい。

わずかな月灯りを頼りに、暗い森の中を谷底を目指して進んだ。案外騒々しい夜の森だが、弦丸はいつも以上に、足元に気を遣い、音をたてないよう注意している。すでに敵地なのだ。

木々の間から、月に照らし出された信貴山城の威容が窺える。いよいよ近い。ようやく谷底に着いたが、そこに川と呼べるほどの流れは無く、降雨時に水の通り道になるかならないか、その程度だ。水堀となるような幅広の川がなくてホッとしたが、谷底から東は、すべての木々が伐採されており、森は消滅していた。ここから一番下の曲輪までは一町（約百九メートル）もないが、遮蔽物《しゃへいぶつ》のない丸裸の上り急斜面である。もし織田方が強硬に力攻めをすれば、曲輪から鉄砲隊の斉射が来て、死屍累々《ししるいるい》たる惨状を呈するはずだ。

「ここで二手に分かれよう」

与一郎が、弦丸の耳元に囁いた。

「お前は右、俺は左を探る。森から出ずに、谷底に沿って歩け。あの城を……」

と、目前に聳える信貴山城を指さした。

「お前自身が攻めると思い、気になったことをすべて頭に入れてこい」

「承知ッ」

「一刻（約二時間）後には、この場所に戻ってこい」

「分かった」

と、左右に分かれた。


与一郎は北へ向かい、城を右に見て歩いた。

二町（約二百十八メートル）ほど進んだころ、木々を伐採された城の斜面を、黒い人影が、二人、三人と下ってくるのに気づいた。与一郎はその場にしゃがみ込み、息をひそめて気配を消した。影が森の闇に吸い込まれる直前、月の光に映し出されたその姿は――足軽だ。槍や鉄砲は持たず、ただ打飼袋《いた》（筒状の背嚢《はいのう》）を三つ四つと背中や腰に矢鱈と結びつけている。異様な出で立ちだ。

（大遠征にでも出陣するような形《なり》やが……それにしては得物を持っておらん。間違いない。こいつらも脱走や）

沈む船から鼠が逃げ出すように、落ちる城からは雑兵が逃げ出す。複数の打飼袋には、今までの給金代わりに、支給された兵糧や、城の備品などが詰め込まれているのだろう。

与一郎が潜む二間（約三・六メートル）前を、一人の足軽が行き過ぎようとしていた。与一郎は意を決し、半弓をその場にソッと置くと、腰の山刀を抜き、足軽に突撃した。背後から抱き止め、喉に切っ先を突きつけた。

「声を出すな。話を聞きたいだけや。大人しくしとれば、命までは取らん」

小柄な足軽は、抵抗することもなく幾度も頷いた。

周囲を見まわす。人影はない。相手は脱走足軽だ。大声をあげられる心配はあるまい。

「お前、なぜ脱走する？」

「だって、織田が相手じゃ勝ち目はねェよ。それに大殿様が信長を裏切るのは、これが二度目や」

大殿様は、松永久秀を指し、二度目は、五年前の元亀三年（一五七二）に引き続き「二回目の裏切り」という意味だろう。

「激怒した信長が、足軽や女子供まで皆殺しにするって……皆、びびっとる」

「飯は、ちゃんと食わせて貰ってるか？」

「ああ、一応はな」

「でも、士気は低いのやな？」

「そうや」

「脱走者は多いのか？」

「数は分からねェが、百や二百は減ってるはずさ」

「鉄砲の数は？　城の中には何人おる？」

「阿呆か……俺ァ足軽やぞ。それも譜代やない。河内《かわち》の八尾《やお》から引っ張ってこられただけや。見回す範囲のことしか分からん。城全体の鉄砲や城兵の数なんぞ、知ってるわけがない」

（ま、それもそうや）

与一郎は足軽を解放した。兵糧には困っていないこと。城内の士気が高くないこと。雑兵の脱走が相次いでいることだけを頭に叩き込んだ。

六

待ち合わせ場所に戻ったが、弦丸はまだ来ていない。月の動きを見れば、一刻（約二時間）はとうに過ぎているはずだが、どうしたものか。

与一郎は、弦丸が進んだ方へ行ってみることにした。

しばらく進むと、水が流れる音と人がボソボソと会話する声が聞こえてきた。一人は男の――それも大分老けた声、一人は女で、間違いなく弦丸だろう。

（な、なにをしとるんや？）

身を低くして、声がする方へとにじり寄った。

前方五間（約九メートル）、細い川が右から左へと――つまり、西から東へと流れており、落差二丈（約六メートル）ほどの滝となっている。大きな石がゴロゴロと重なっており、流下する水の量は豊かだ。

そのわずか下流――床几に座って竿《さお》を出し、釣りをしている武士の姿が月の光で確認できた。甲冑は着ていない。二刀を佩《お》び、袴に羽織姿だ。年齢は六十少し前か、ま、大概年寄りである。風流な隠居が、下弦の月を愛《め》でながら夜釣りを楽しんでいる風情だ。その傍らに弦丸が立ち、なんと談笑しているではないか。

（あ、あの阿呆……ここが敵城のすぐ下なのを忘れたか）

怒りで踏みしめた草鞋《わらじ》が小石を踏み、跳ねた小石がカサリと鳴った。

五間彼方で、弦丸がその微《かす》かな音を聞きつけ、こちらを見た。

同時に、老武士の背後に控えていた鎧武者《よろいむしゃ》が、老武士を庇《かば》うように前に出て、与一郎が潜む藪を睨みつけた。陣羽織を着て、萎烏帽子《なええぼし》を被っている。相当な身分の侍と見た。

こうなると仕方がない。与一郎、草の間から立ち上がった。

「大丈夫、亭主です」

弦丸が老武士に伝えた。

「ほう、御亭主も猟師を？」

「はい。頭はトロいけど、顔と腕はええんよ……あんた、こっち来なよ」

（なんだと……仕える主をボロクソに言いおってからに！）

と、臍を嚙んだが仕方がない。「腕と顔はいいけど阿呆な亭主」を演じきるしかなさそうだ。

（なるようになれッ）

と、腹を括《くく》った。藪から出て老武士に近づいていく。

「あんた、こちらの御武家様が、兎を買ってくれたよ」

そう言えば、弦丸の腰にぶら下がっていた茶色の兎が姿を消している。

「御武家様」

弦丸が老武士に言った。

「あの兎、獲ってすぐに臓物を出したし、血も抜いたから、味はええと思うよ」

「そうか、楽しみじゃなァ」

獣の味は、如何に早く内臓を出し、血を抜くかにかかっている。

「おい猟師」

老武士が与一郎に呼びかけた。鎧武者は、警戒しつつも老武士の背後に回り、最前と同じように片膝を突き控えた。

(陣羽織の鎧武者が従者を務めとる……この爺《じじい》、何者や?)

「へ、へい」

一応、猟師の体なので「へい」と答えてみた。

「お前も弓を持っておるが、少しは使うのか?」

「弓は私より上手いんや」

与一郎に代わって弦丸が、自慢げに答えた。

「一町（約百九メートル）離れて、狸に当てるよ」

一町先の狸――ま、走ってなければ、なんとかなる。

「ほう、それは大したものやなァ。どうや猟師、弓でワシに仕えんか？」

「あんた、誰よ？」

弓の腕はいいけど頭が悪い――との設定だから、若干舌足らず気味に質した。

「ワシはこの城の城主松永弾正様に仕える、武野《たけの》と申す爺ィよ」

「武野様に仕えると、俺にどんな得があるのや？」

「得か……まず信貴山城に籠って義のために戦える。飯が腹一杯食えるぞ。勝てば褒美をたんと貰える」

「敗けたら？」

「敗けたら……褒美はやれんなァ」

武野が寂しげに笑った。与一郎、少し迷った。ここで一旦は頷き、この武士とともに城内に入るのも面白いと考えたからだ。内側から眺めれば、さぞ有益な情報が得られるだろう。

（ただ、少し危険すぎるな。弦丸もおることだし。そもそも、脱出できなくなっ

たらどうする？　今までに得た耳よりな話を長秀様にお届けできなくなりそうや。あまり欲はかかんでおこうか）

「なら仕えるのは止めだァ。信長は強い。六万の軍勢でここに攻め寄せてくるぞうや。さすがに敗けるやろ？」

「あ、あんた……」

与一郎の不躾な言葉に、弦丸が眉をひそめた。

「それにこの城の殿様には人望がない。さっき、足軽が城から逃げ出すのをぎょうさん見たぞ」

「こら猟師、調子に乗るな」

武野の後方から鎧武者が一喝した。落ち着いた重厚な声だ。意外に年齢は高そうに感じる。こちらもおよそ還暦前か。

しばらく沈黙が流れた。

「ふん、仕える気がないのなら釣りの邪魔や。早う去《はよい》ね。シッシッ」

と、まるで野良犬でも追い払うかのような仕草で手を振った。さすがにカチンときて、捨て台詞《ぜりふ》を残すことにした。

「ふん、どうせ、こんな流れでは釣れんさ」

「たわけ、魚を釣るばかりが釣りではないわ。静かに糸を垂れ、己が心と向き合うのもまた釣りの醍醐味《だいごみ》よ」

「暇人の考えや」

武野は、ここで少し間を置いた。

「ワシが言いたいのはな……漢《おとこ》の振舞いの裏には、表面上の景色とは違う、また別の意思が隠れておるとゆうことや」

「よおわからん」

「さもありなん。ま、ええ……おい猟師」

「へい」

「女房殿を大事にし、終生添い遂げるのやぞ。仲良く暮らせ」

背後の鎧武者が、腰の刀にそっと手をやるのが見えた。そろそろ潮時だ。


「陣羽織の従者を見たか？　武野の後ろに控えていた鎧武者や」

草を踏んで歩きながら、与一郎が前を往く弦丸に囁いた。

現在二人は、奈良盆地へ向けて森の中を歩いている。獣道はダラダラと下り坂だ。斑鳩で弁造たちと落ち合い、調べた事柄を突き合わせた上で、今後のことを決めるつもりだ。

本来なら、もう数日間は城の西側の谷に留まり、さらに情報を集めたいところである。ただ、なにせ高安山で七人もの敵を殺している。谷に落とした遺体も、いずれは見つかるだろうから、厳しい山狩りが始まる前に「離脱すべき」と判断したのだ。

(昨日から今朝にかけて、長秀様のお役に立ちそうな話をいろいろと仕入れられた。これに弁造たちが調べたことを合わせれば、なんとか物見のお役目は果たせるやろ)

と、近頃見かけるようになった「油紙」と呼ばれる「濡れない紙」に包み、懐に大事にしまってある信貴山城西側の絵図を、小袖の上から触って確認した。

「そりゃ、見たよ。あいつ、最初からピリピリしてて、嫌な感じやった」

弦丸が振り返らずに答えた。弓を持った男女が、夜の闇の中から忽然《こつぜん》と現れたのだ。「陣羽織の従者」でなくとも誰だって警戒する。

「直垂《ひたたれ》に毛引縅《けびきおどし》の甲冑、陣羽織に萎烏帽子、それに人品骨柄《じんぴんこつがら》とゆうか、雰囲気からして、よほど身分のある侍と俺は見るね」

「だから、なにさ?」

弦丸が、不機嫌そうな声で返した。「あの鎧武者は気に食わない」と自分が言ったのに「身分が高そうだ」と持ち上げる与一郎の勘の鈍さに苛《いら》ついたのだ。

「そんなお偉い侍を従者として連れとる年寄り……あの武野こそ相当な身分やろ。ひょっとして、奴が松永久秀本人やったのかも知れんなァ」

「まさか、家来やゆうてたよ」

「そら、私が本人ですとはゆわんやろ。不用心やからな」

「天下の信長を裏切った城の主が、夜中にあんなところに出て来るもんか。それこそ不用心や」

「まあな」

(弦丸の言うとおりや。城主自ら城の外に出て夜釣りはないやろ。本人がやりたくても、周囲が止めるわな)

しばらく黙って歩いた。

「でも万が一、本当に、松永久秀本人やったら、相手は年寄り二人や、俺とお前で片づけて、爺様《じいさま》の首級を信長に差し出せば、ひょっとして俺は、褒美に一万石貰えたかも知れんぞ」

「い、一万石？　二、三十ヶ村を支配する御領主様やないの。殿様やないの」

歩きながら振り返り、目を丸くした。

「では、今から戻って首を獲るか？」

「そ、そうやね……でも、どうしようか」

と、歩みを止めた。与一郎も足を止める。弦丸は、しばし考えている風だった
が、やがて――

「……やはり駄目よ。あの人は殺せん」

「なぜや、なぜ殺せん？」

「兎、買ってくれたし……それに」

「それに？」

「女房を大事にしろって、仲良く暮らせってゆうてくれた。嬉しかった」

と、うつむきがちに呟いた。

「欲のないことやな。一万石なのに」

「一万石より、大事なものもあるさ」

暗い中だが、与一郎の目を少し見つめた後、前を向いてスタスタと歩きだした。

与一郎も遅れじと続く。

「大事なものってなんや？」

「男と女が、互いに互いを大切に思う心や」

「おい、弦丸、ちょっと待てや」

と、弦丸の腕を強く摑んで引き留めた。

「痛いッ」

摑んだ与一郎の手を振り払う、男と女は薄闇の中で睨み合った。

「ええ機会やから一度訊いとくがな……あれか？　お前と七里頼周は互いに互いを大切に思うとったのか？　それとも俺への当てつけで奴に抱かれたのか？」

「あんたなんかには教えんわ」

「そこがハッキリしなきゃ、俺はお前とのことで前には一歩も進まんぞ」

「な……」

弦丸はしばらく考えていたが、やがて——

「大切に思うとったら、あんたはどう思う？　当てつけだったらどう思う？」

「前者やったら話にならん。後者やったら、阿呆な女とは思うが、仕方がないなとも思う」

「……へえ」

と、曖昧な薄笑いを浮かべた後、前を向いて歩きだした。

「おい、どっちや？　狡《ずる》いぞ、ちゃんと答えろ」

「あんたには教えんゆうたやろ」

振り返らずに言い残し、スタスタと歩み去った。

下弦の月が中天近くにまで上っている。夜明けは近い。

第三章　秀吉、謹慎ス

一

天正五年（一五七七）八月二十九日、与一郎主従は長浜城へと帰還した。

早速与一郎は二ノ丸の長秀邸へと伺候《しこう》し、弁造たちが作成した数枚を含めて都合五枚の絵図を提出した。東の大手側が三枚、西の搦手側が二枚だ。

長秀は大層褒めてくれたが、羽柴勢が大手攻めに配されるのか、搦手攻めに配置されるのか、そもそも信貴山攻めに起用されるのかさえ、一切が未定なのだ。

「ま、備えあれば憂い無しと申すからのう」

殺風景な長秀邸の書院内に、主と二人切りだ。長秀は、文机に向かい信貴山城の絵図を食い入るように見つめている。

「御意ッ」

与一郎は、長秀に頷いた。岐阜でのお役目失敗、その報告時についた出鱈目の露見と与一郎は失態を重ねている。名誉挽回を期しての信貴山城行きだっただけに、取り敢えず主人から褒められて嬉しかった。

「この図とこの図の二枚が、西側の搦手やな？」

「御意ッ」

「谷間の森は、三千人の兵を展開できそうか？」

三千人は羽柴家単独での兵員数だ。

「道や平地のようなものはございません。只々《ただただ》密林の中の平坦な下り坂が続きまする。ただ、これから冬に向かいますゆえ、下草は枯れ、森の中も大分歩き易くなるとは思いまする」

「森の中には、土塁や柵のような防御のための設えは無かったとゆうことか」

「御意ッ。森までは捨てて」

と、身を乗り出して、文机上の地図を指さした。

「城の際《きわ》の一町（約百九メートル）進んで十七丈（約五十一メートル）上る急峻な坂まで、よくよく引き寄せてから叩こうとの腹かと推察致しました」

なにしろこの坂は攻め手に厳しい。木々はすべて切り倒され、切株まで抜かれている。遮蔽物なき急勾配の長い坂だ。上の曲輪からは矢弾が雨霰《あめあられ》と降り注ぎ、攻め手は死体の山を築くことになるだろう。

「つまり激戦地はここやな？」

と、絵図を指先で叩いて確認した。

「御意ッ」

「闇夜を狙い、竹束を押し立ててジワジワ上るか」

「竹は、現地の森には少なく、もし竹束を作る御所存であれば、あらかじめ資材を用意して参るべきかと考えまする」

「ほうかい。竹だな」

と、文机上の紙片に書きつけた。忘備録だろう。

「あの……」

オズオズと与一郎が質した。

「なんや？」

「殿は、羽柴家は西側に配置されるとお考えなのでしょうか？」

「そうや。六、四で搦手をまかされると踏んでおる」

「でも何故？」

「信貴山城が山城だからよ」

この秋から、羽柴軍は中国攻めに出る。中国地方は、広い平野に恵まれない山勝ちな土地だ。当然、戦は山城攻めが中心となるだろう。秀吉と長秀は、山城を叩く幾つもの策を話し合っている。さらには、敵の矢弾に身を晒《さら》しながら急登を上る、根性というか、慣れというようなものも、兵たちに身に付けさせたい。そのことを知る信長は、より狭隘《きょうあい》で急峻な西の搦手こそ「兵を鍛え、策を試す好機と考えるはずだ」と長秀は説明した。

「なるほど」

「で、地元では今般の謀反を、どう捉えておるのかいな？　応援しとるのか？　それとも首を傾げておる様子なのか？」

「奈良の斑鳩とその周辺で、我が家来どもが探りを入れましたところ、案外同情的な声が多かったようにございまする」

「松永の謀反に同情的なのやな？」

「御意ッ」

「その理由《わけ》は？」

と、長秀が身を乗り出した。

昨年、天正四年（一五七六）五月、大和守護を務めた原田《はらだ》（塙《ばん》）直政《なおまさ》が、本願寺攻めで門徒と雑賀衆の返り討ちに遭い討死した。信長は後任の大和守護に筒井《つつい》順慶《じゅんけい》を任じたのだ。

桶狭間《おけはざま》の前年、永禄《えいろく》二年（一五五九）に三好家の重臣として、大和国に侵攻した松永久秀は、その覇権をめぐり筒井順慶と激しく抗争してきた。その経緯を知った上で、信長は敢えて順慶に大和国を任せたのだ。信長としては「かつて一度裏切ったことのある久秀」を大和の支配者とするわけにはいかなかったのだろうが、当然、久秀は面白くない。

順慶も意趣返しを始めた。久秀自慢の多聞山城《たもんやまじょう》の破却を信長に進言したのだ。久秀は、多聞山城を大和国支配の政治的拠点乃至《ないし》は象徴とし、信貴山城を軍事的な防衛拠点とするいわば二拠点戦略を採っていたから、多聞山城の破却は、久秀にとって大和国における政治的な敗北を意味する。だからこそ――

「弾正（久秀）様、さすがに堪忍袋の緒が切れたのではないかのう」

と、斑鳩の里人は見ており、久秀の謀反に同情的だというのだ。

「でもよォ、それを言い出したら話が終わらんがね。松永を守護にしたら、今度は筒井が黙ってねェわ」

「確かに」

「大和守護を筒井に奪われたことも原因の一つではあろうが、北陸で上杉謙信が動くのを見て『織田を討つなら、頃合いは今』と考えたのではねェかのう。それが一番ありきたりの見方よ」

「御意ッ。実は、偶然に妙な人物に会いまして。思わせぶりな言葉を投げかけられ申した」

「どこで？」

「信貴山城の曲輪のすぐ下の小川でございます。従者一人を連れ、平装で夜釣りをしておられました」

と、武野と名乗る老武士に、獲物の兎を買って貰った経緯と、会話の内容を手短に伝えた。

「武野って、松永久秀の茶の湯の師匠は高名な武野紹鷗《じょうおう》殿やぞ」

「あ、ではその人やったのでしょうかな」

「や、それはねェ」

「どうして？」

「武野紹鷗はもう随分前に死んどるがね」

「ありゃ……じゃ、その方のお子様とか？」

「倅はおるが、まだ若い。六十前に見えたらなら別の武野やろ。それより、そやつはなんとゆうたんら」

「それがですな。『漢の振舞いの裏には、表面上の景色とは違う、また別の意思が隠れておる』とかなんとか」

「難しいな」

「御意ッ」

「おまんはどう解いた？」

「よお、分かりませんでした」

主従ともに、脳味噌《のうみそ》それ自体で勝負する武士ではないようだ。

「武野はおそらく松永家の重臣やろ。主人松永久秀が織田を裏切った本当の理由を匂わせとるのやも知れん」

「松永が織田を裏切った本当の理由……」

毛利や上杉、本願寺を基幹とする信長包囲網への参加、筒井順慶が大和守護に補《ほ》されたことへの反発——それ以外に本当の理由があるというのだろうか。

「なんぞ、思い当たることがあればワシに教えてくれや」

「御意ッ」

と、平伏した。主従の間に、しばしの沈黙が流れた。

「ま、いずれにせよ。久秀謀反の報せがここに届いたのは十九日だから、もう十日や。そろそろ安土城から『羽柴勢は大和国に出陣せよ』とのお達しがくるはずだがね。すべてはそれからや」

最後は長秀が「今後の読み」を披露して、話を結んだ。

二

長秀の「読み」というか、「祈り」というかについては、北陸に布陣する秀吉も同じ気持ちであった。

「間違えにゃあ。上様はワシを呼び戻す」

野営地で、秀吉が小姓相手に吼えた。

「そらそうやろ、だって人数が足らんもんなァ。ここに虎の子の羽柴勢を置いとっても仕様がねェ。これから冬に向かう。雪国の越後勢が今、大戦《おおいくさ》を始めるとはどうしても思えねェ。ま、見てろや。しばらく謙信は出て来やしねェわ」

なぞと期待半分、読み半分で、恋敵でもある柴田勝家の命令の下、北陸での地味な戦いに日々勤《いそ》しんでいる。

「虎、上様から書状は届いてねェか？」

「いえ、届いておりません」

と、申し訳なさそうに平伏したのは、今年十六歳の小姓、加藤虎之助《かとうとらのすけ》だ。秀吉の遠縁（又従弟《またいとこ》）にあたり知行は百七十石。後の加藤清正《きよまさ》である。

「ま、明日か、明後日《あさって》には届くやろ」

「御意ッ」

大きな体を折り曲げ、また平伏した。

だが、待てど暮らせど、信長からの帰還命令は来なかった。

「どうなっとるんや？　おかしいなァ。そんなはずはねェがなァ」

と、鶴首《かくしゅ》の思いで、信長の命令書を待つ秀吉であった。

実は、この時まで信長は、信貴山城を力攻めにしようとは考えていなかったのである。松永久秀の朋輩で堺代官《さかい》の松井有閑《まついゆうかん》を派遣、久秀に謀反を翻意するよう説得を試みていたのだ。久秀の裏切りはこれで二度目。信長にしては随分と寛容なことだが、それだけ大坂周辺の織田軍は「手薄だった」ということだろう。安易に石山本願寺包囲中の軍勢を割いて信貴山に差し向けると、本願寺が討って出て、背後を突かれかねない。総じて、さしもの信長も久秀には融和的に出ざるを得なかったのである。つまり、羽柴兄弟の読みは、方向性こそ正しかったのだが、織田家の兵員不足は予想をはるかに超えていたということだ。

無論、久秀としては、その辺を読み切った上での謀反でもあったのだろう。

九月に入ると、しびれを切らした秀吉は一計を講じることにした。加賀《かが》郡水島《みずしま》での軍議の席で、柴田勝家に対して何やかやと因縁をつけた。要は、喧嘩を吹っかけたのだ。

「こらァ猿ッ！」

上座から、闘将柴田勝家が激高して吼えた。

「おまん、ワシの采配がちいとでも気に食わんのなら、構わんから兵を退けや。逃げ帰ればよかろうがよ」

「あ、あ、今確かに『兵を退け』と仰いましたな？」

秀吉が柴田を指さして言った。実に挑発的だ。

「ゆうたら、どうしたァ！」

さらに興奮した闘将が唸《うな》った。

「御意ッ。よう分かり申した。心中より御尊敬申し上げる修理様（勝家）の御命令とあらば致し方がない。お言葉に甘え、長浜に帰らせていただきますがね」

と、床几を蹴って立ち上がった。

「まて、猿！」

「なんや！」

「おまんは上様の命を受けここにおる。長浜に帰るとゆうことは、明白なる軍規違反になるぞ。それでもええのか？」

「上様の名代たる総大将柴田様が『帰れ』と確かに仰った。その命に従うのが、如何なる軍規違反になりましょうや？」

「ふん、上様にそのような世迷言《よまいごと》が通じると思うてか？　おまん、首を刎ねられるぞ」

「どうでしょうなァ。大いに楽しみですなァ」

と、陣を払い、さっさと退却を始めてしまったのだ。

勝手に長浜城へと帰ってきた秀吉の統制違反に、信長は激怒した。秀吉が帰城した翌日には「今すぐ安土城へ参れ」と召喚したのだ。

秀吉は安土城へ馬で駆けつけ、天主最上階で信長の前に平伏した。

上目遣いでチラチラと信長を窺う。信長は目を薄く開き、無表情で端座している。極めて不気味な印象だ。嵐の前の静けさとは、こういうことか。

「ぐ、軍議の席で、柴田様と口論になり、修理様が『おまんなんぞは要らんから、兵を退け』と仰せになったので、売り言葉に買い言葉、つい『ああ、然様《さよう》でござるか。では帰りまする』とゆうてしまい申した。これは短慮と後悔しましたが、今さら後にも引けず……はいッ」

と、顔を上げずに平伏したまま、一気に弁明、言い訳した。

頭の上で、ドンドンドンと板敷を乱暴に踏む音が近づく。「ああ、こりゃ拙《まず》いなァ」と思った刹那——

「猿ッ」

と、髷を摑まれ、上体を一気に引き起こされた。激怒した信長の顔が五寸（約十五センチ）先にある。目が大きく見開かれ、小鼻がピクピクと動いていた。

「ワレェ、死にに戻ってきたのかよ？」

信長の右口角が少し上っている。微笑みを浮かべているようにも見えるが、その目は一切笑っていない。

「あ、あのですね……」

「ならば、希望通りに殺してやるがや……ほれ、口を開けィ！」

と、腰の脇差を抜き、また髷を摑み、切っ先を一寸ばかり秀吉の口の中へと突っ込んだ。

「ああ、あああ……」

口を大きく開けて刃を避けようとしたが、どうしても上唇に触れ、少し切れて血が流れた。如何なる銘刀だろうか、切れ味がもの凄く、痛みを感じない。

「ワレほど悪知恵のまわる男が、たかが喧嘩でワシの命に反したとも思えん。本音をゆうてみい。正直に言え。もし惚《とぼ》けたことを抜かしおったら……この脇差、ワレの胃ノ腑《ふ》まで飲み込ませてやるがや」

「あが、ああ、あが……」

「早う、ゆわんかァ！」

怒鳴られた秀吉だが、口の中に切っ先があるので喋れない。指先で脇差を指し、目だけで精一杯微笑んでみせた。

「喋り難いか？」

「ああ、あ、あが……」

「ええか、ワシをこれ以上怒らすなよ。本気で殺すぞ」

髷が自由になり、ようやく脇差が引かれたので、秀吉はその場に平伏した。

「も、も……も、も……」

「桃太郎か？」

「申しわけございませぬ！」

と、額を床板に擦りつけた。

秀吉は、松永久秀謀反の報に接し、手薄な大坂方面軍に加勢せねばと考えたこと。秋から始まる中国征伐（毛利征伐）への準備に陣頭指揮を執りたかったこと。北陸戦線が村を焼く程度の一向門徒との小競り合いに終始し、上杉勢が出てくる様子がないこと――の三点を言上し、許しを乞うた。

「それだけか？」

「御意ッ。この上は如何なるお叱りも甘んじて……」

「ドたァけが――ッ！」

ゴンッ。

と、信長が吼え、秀吉の月代の辺りを、脇差を持ってない方の手の拳固で強か殴りつけた。文字通り、目の中で火花が散った。

「やはり、ワレゴは死ね……」

と、またも髷を摑んで顔を上向かせ、脇差を口の中へと突っ込んだ。上唇から鮮血がしたたり落ちる。

「ああ、ああが、あが」

秀吉は呻《うめ》きながら、右手の指を一本立て、信長に示した。

「なんだら、この指は？」

「ああ、あが、あああ」

「分からんがね」

と、苛ついた様子で脇差を納める。今度は髷を握られたままだから、平伏は出来ない。

「一ヶ月《ひとつき》！　一ヶ月《ひとつき》にござる！」

人差指を主に突きつけた。

「だから、なんやそれは？」

「わずか一ヶ月で、播磨国を上様に献上させて頂きまする」

「播磨一国をか？　一ヶ月《ひとつき》でか？」

「御意ッ」

ゴンッ。

また叩かれた。

「世迷言を申すな！　できるか、そんなもん！」

「いいえ、お聞き下され……目処《めど》はすでについておりまする」

「目処だと？」

と、髻から手を離した。

「御意ッ。暫時、お耳を拝借……」

秀吉は起き上がり、信長に一礼した後、その耳元にコソコソと囁き始めた。

播磨国の交通の要衝である姫路城を、信長への謁見を済ませている黒田官兵衛を通じ、すでに抑えてあること。毛利への恨みが深い尼子氏の残党を先鋒《せんぽう》に用い、対毛利最前線の防衛拠点となり得る上月城を奪うこと。上月城は、備前との国境の城であり、一気に播磨国西部の上月城を奪うこと。黒田官兵衛が、赤松、小寺、別所ら播磨国の有力武将に、織田家への恭順を強く働きかけていること。さらには、羽柴長秀に別動隊を率いさせ、姫路から北上して美作《みまさか》国に侵攻、生野銀山と竹田城を抑えること。生野銀山を抑えることで、中国攻めにかかる費用と資金を捻出しうること——等々を伝えた。

秀吉の囀きを聞く内に、信長の表情は徐々に緩んできた。

「面白い。実に面白い」

と、扇子の先で秀吉の月代の辺りをペチンと叩いた。

「やるからには一気に攻めよ。要諦は速さじゃ。わずか一ヶ月《ひとつき》の電撃戦か……毛利め、対処する隙もなかろうよ……猿ッ！」

「ははッ」

と、三度《みたび》平伏した。

「ただ、軍規違背を不問に付すわけにも参らん。どうしてもケジメは必要じゃ」

「御意ッ」

「追って沙汰するまで、ワレは長浜城で謹慎せよ」

現地司令官と揉め、「勝手に帰ってきてしまった武将」への懲罰が「謹慎」とは——なんとも寛容に過ぎる。

「あんの……」

「なんだよ？」

信長が、苛々と質した。

「ちなみに謹慎とは、何処までが許されまするのか？」

「ワレは長浜城本丸から出るな」

「中国攻めの支度は？」

「長秀に任せておけばええ」

「酒は飲んでも？」

「飲み食いまでは縛らん」

「女は？」

「くどいッ。どうでもええわッ」

「御意ッ」

と、四度《よたび》平伏した。板敷に伏せた顔が、ニヤリと笑った。この時点で、すでに秀吉は「もう許された」と判断していた。

三

翌日の昼には、すでに秀吉は長浜城の本丸にいた。

長浜城と安土城は七里半（約三十キロ）離れているが、秀吉は全員騎馬の側衆を連れただけで馬を飛ばし、早朝に安土を発って、昼前には長浜城の大手門を駆け抜けていたのである。馬を速歩《はやあし》（約時速十四キロ）で半刻（約一時間）走らせ、半刻休んで、また半刻走らせる——走らせ休ませを三度繰り返し、七里半を走破した。

「まずは、大石与一郎をここへ呼べや」

帰城した秀吉は開口一番、与一郎を本丸御殿へと呼び出した。

（まずいなァ。間違いなく於市様の件や。根掘り葉掘り訊かれるぞ）

従僕の虎松一人を連れ、本丸へと急ぎながら、与一郎は嘆息を漏らした。

於市への求婚が不首尾に終わったことは、すでに長秀から報告が行っているはずだ。ただ、実際に於市に面会した与一郎から「直接に経緯を聞きたい」と思うのが恋する男心なのだと思う。長秀からは、出鱈目や誤魔化しの報告で現状を取り繕うよりも「真っ正直で行け」と命じられている。「おみゃあに嘘は似合わん」とまで言われた。

旗印は「正直無双」だそうな。

（主からの命や。愚直に実行するしかあるまいが……秀吉公、怒るだろうなァ）

そう思えば大いに憂鬱である。

三ノ丸から二ノ丸へ、さらに木橋を渡り、琵琶湖の湖面に浮かぶ本丸へと足を踏み入れた。

「大石与一郎、参りましてございまする」

書院の廊下に平伏した。

「おお、おお、与一郎……」

（ん？）

違和感を覚えた。秀吉の挙動がおかしい。小袖に指貫《さしぬき》をはき、錦地の豪華な胴服を着ているのはいつものことだが、オドオドとして落ち着きがない。

「御苦労やったのう。ただ、今日はもうええ。もう帰れ。そして岐阜でのことは無かったこととして、すべて忘れてしまえ」

「はあ？」

「たァけ、『はあ？』ではねェわ。おみゃあはなァ……」

と、周囲を見回し、与一郎に身を寄せ、耳元に囁いた。

「於市様とワシとの縁談な……あれは、端《はな》から無かったことにしとけ……」

「そうは問屋が卸しませんでェ！」

と、中年女性の怒声が響き、襖《ふすま》がガラリと開かれ、秀吉の正妻であるオネが書院内へズカズカと入ってきた。

「ひッ」

秀吉は古女房の姿を見て、確かにそう小さく悲鳴をあげたのだ。希代《きたい》の英雄、立志伝中の羽柴秀吉公が「ひッ」である。

秀吉の正妻の乱入に、慌てて廊下の与一郎が平伏した。

「大石、おみゃあさが岐阜に行ったのかい？」

「御意ッ。岐阜に参りました」

「その用件は？」

「よ、与一郎……」

秀吉が介入し、与一郎に目配せした。その目からは完全に生気が失《う》せている。

鈍感な与一郎も、さすがにピンときた。

「お、お役目上のことゆえ、たとえ奥方様といえども、お話ししかねまする」

正直無双を旗印としたばかりの与一郎である。嘘を言うぐらいなら、沈黙を守った方がいい。

「大石、私は聞いとるぞ」

井原忠政 戦国心得

2025年3月
〈第11号〉
井原忠政戦国心得
制作委員会
担当：双葉社

乱世という異常な世界に放りこまれた「普通の人」の成長譚

キャラが立ってなんぼ！
キャラが座ってなんぼ！
IHARA

北近江合戦心得も第五巻まで上梓することができました。心より御礼申しあげます。今後も末長く書き続けられるよう頑張ります。応援よろしくお願い致します。

主人公・大石与一郎は弓と馬術の名人です。ただ、体躯は中肉中背、頭脳も人並み、特に人格高潔というわけでもありません。普通の若者です。十年ほど前に歴史時代小説を書き始めた際に「スーパーマンは出さない」「偉人を主人公に据えない」と決めました。凡庸な若者の成長譚を描くのも、それはそれで楽しいものですが、この与一郎に関しては「若干キャラ的に弱いのかな」との不安が拭えませんでした。そこで、脇役たちの個性を際立たせて「曲者揃い」としてみました。

家来たちを始め、信長や秀吉も極めて「濃ゆく」描いてあります。群像劇にするつもりはありませんが、「与一郎と濃い目のキャラの仲間たち」の大活躍をどうぞお楽しみ下さい。

豊臣弟も普通の人

その中で、羽柴長秀(後の秀長)一人が与一郎に似て普通の人です。当たり前ですが、乱世という異常な世界にも普通の人はまじっていたのですね。今後は与一郎・長秀主従の共闘を描いて参るつもりです。なお、これは令和八年の大河ドラマ『豊臣兄弟』を意識しているわけでは決してありません(汗)。

濃ゆいキャラ募集!

今回の『信貴山忠義』では大石家の家臣に新たな仲間が加わります。虫若という十二歳の少年です。元は泥棒で、特技は忍び込み。この虫若に限らず、主人公・与一郎の家臣はそれぞれ特技や特徴を持っています。百匁筒を抱え撃ちする怪力の巨漢・弁造。頭陀袋を担いだ肥満体の知恵者・左門。ひょろりと長身で健脚自慢の義介。弓の名人で元猟師の弦丸は、男装の麗人です。彼女と与一郎の恋模様にもご注目下さい。そして今回、小柄な虫若が加わって現在家来は五人となりました。あと二人ほど増やして「与一郎七人衆」とするのが井原の構想です。

ただ、大男、肥満体、美女、のっぽ、子供と続くと、出尽くした感もございます。残る二人にどんな特徴を持たせるべきか思案中です。なんぞ良いアイデアがあれば、ぜひ小学館の編集部まで御一報下さいね。

出版社 担当者通信
双葉社 文芸出版部
「三河雑兵心得」編集担当
大城 武

栄光か、遅刻か、それとも…。茂兵衛の運命やいかに!?

家康の天下取りを足軽の視点で描く「三河雑兵心得」シリーズも15巻を数え、次巻ではいよいよ「関ケ原の戦い」が描かれます。

江戸幕府の樹立にも繋がるこの戦いは、慶長5年、会津の上杉景勝を家康が攻めた隙を突き、石田三成が毛利輝元を総大将として挙兵、反転した家康と関ケ原で激突しました。

西上する際、家康は軍を分け、息子・秀忠は中山道を、自身は本隊を率いて東海道を進みました。

さて、我らが主人公・茂兵衛は、この天下分け目の戦いでどちらの軍中に身を置くのか。家康に従い本隊と共に行くのか。それとも因縁浅からぬ真田攻めに加わり、昌幸に再びきりきり舞いさせられるのか。いずれにせよ大活躍を期待したいところです。

そして、もうひとつの可能性は「伏見城の戦い」です。西軍4万が押し寄せ、籠城する徳川勢2千と激烈な戦闘を繰り広げました。守将の鳥居元忠や松平家忠は茂兵衛とは『豊臣仁義』以来、苦楽を共にした仲。もしかすると一緒にいるかもしれません。なお、城兵は全滅しています。え、まさか!?

天下の行方はご存知のとおりですが、はたして茂兵衛の運命やいかに。期待と不安が高まる第16巻にご期待ください。

●『北近江合戦心得〈六〉』は2025年9月発売予定です。
●『井原忠政 戦国心得』第12号は、2025年6月中旬発売予定の『三河雑兵心得16』(双葉文庫)に入ります。

『井原忠政 戦国心得』は双葉社、小学館の協力のもとで発行します。
双葉社 https://www.futabasha.co.jp/
小学館 https://www.shogakukan.co.jp/

オネが与一郎に近づき、顔を寄せ、憎々しげに睨んだ。

「おみゃあはその口で、私を側室に格下げし、於市様を正室とする予定やとか抜かしたそうやなァ?」

「お、お、お役目上のことゆえ、お、お、お話しできかねまする」

(糞がッ。和音やな。間違いない)

与一郎は心中で吼えた。

(和音の仕業や。あの女、俺を陥れるために、オネ様にあることないこと書き送っとるんや)

「お前様が……」

今度は、背後で小動物のように震えている亭主に振り返った。

「この糞大石に、そう伝えるようにとゆうたんか?」

「滅相もない。仮に、大石が岐阜でそうゆうたとすれば、それは大石の独断専行ですがね。ワシはそんなおとろしいこと、ちいとも思うとらんですもの」

「な……」

与一郎、さすがに目を剝いた。秀吉、女房から見えないように、片手で与一郎を拝んでいる。最近「拝まれる」ことが多い。

「大石、我が旦那様はそう仰せやが、おみゃあさ、本当に独断専行で私を側室に蹴落としやったのかえ?」

「あの……やはりお役目上のことゆえ、お話しできかねまする」

「否《いな》か、応か、それだけ答えればええんや!」

興奮したオネの声が次第に高くなる。

「申しわけございません。お話しできかねまする」

と、平伏した。

「強情な奴や……これだから近江者は好かん」

オネが与一郎に厳しいのには理由がある。羽柴家内に存在する派閥の事情だ。

秀吉は、俸給三貫(年収が約三十万円)の足軽から封土十二万石の太守にまで成り上がった。家臣団は、地元の尾張で掻き集めた野武士や地侍たちと、領地を賜った近江で新規に召し抱えた武士たちが基幹となっている。尾張閥と近江閥が存在するのだ。近江衆の中でも、元は浅井家家臣である北近江衆は、おおむね家柄が良く、商才に長《た》け、地元に顔が利くことで、秀吉から重用され、大した勢いなのである。与一郎もその一人だ。対して、オネは尾張衆から「お袋様」と呼ばれ慕われる謂《い》わば派閥の領袖なのである。北近江衆の与一郎が、旧主浅井長政の妻を秀吉に「取り持っている」とすれば、面白かろうはずがない。

「な、オネよ……」

さすがに秀吉が割って入ってくれた。

「そう与一郎を虐《いじ》めたるなや。こやつもワシにええ顔をしようと、ほんのチイとばかし、勇み足を踏んでしもうただけだがね」

ここで秀吉と目が合ったが、露骨に視線を逸らされた。

（俺一人が悪いのかい？　秀吉公、調子ええんやから……もう、最低やな）

与一郎、内心で苦虫を嚙み潰した。

「秀吉の本妻は天地に誓ってオネ殿……おみゃあしかおらんがね」

「本当に？」

「ワシがおみゃあに、一度でも嘘をゆうたことがあるかね？」

「八、二で嘘が多い」

「ま、その嫌いが無いとはゆわんが……では、こう致そう。ワシはおみゃあに一筆入れる。オネを差し置いて、於市様を正妻に迎えることは『未来永劫ねェ』と認《したた》めるわ」

「ただの紙に書いても信用おけん。ちゃんとした起請文にして下され」

「おお、ええともええとも、起請文でも詫《わ》び証文でも書いたるわ」

起請文とは、神仏に誓いを立て、もしその誓いを破れば、神仏の罰を受ける旨を記した誓約書だ。各地の社寺で頒布される護符（牛王宝印《ごおうほういん》）の裏に書くのを通例とする。

秀吉が、起請文を認める旨を誓約したことで一応のケリがつき、オネは書院から去った。後には、居たたまれないような空気と秀吉、与一郎と太刀持の小姓だけが残された。

「ああ……」

沈黙が書院に流れた。

「しょうもない夫婦喧嘩に付き合わせてしまい、申しわけなかったのう」

秀吉が、与一郎に詫びた。

「いえ」

「最前もゆうたが、於市様の件は、忘れてくれや」

「御意ッ」

「オネが臍《へそ》を曲げてしまったからには、もういかん。まさか於市様に『側室で辛抱してくれ』とは言えんしのう」

当たり前である。於市は主人信長の妹で、前北近江領主浅井長政の正妻。気位が高く、事実、戦国一と称された美女なのだ。

（そもそも、秀吉様はどういう目論見を持って、あんな無責任なことを言わせたんや。本妻を第二夫人に格下げって……どんな寛容な女でも怒るわ）

「ま、於市御寮人は、権六殿（柴田勝家）に譲るさ。与一郎、柴田様の話は岐阜では出なんだのか？」

「お名前までは出ませんでしたが、柴田様のことを匂わせておいででした」

「なんと匂わせた？」

「本妻がおられない方から、求婚されていると」

「ああ、そら柴田様や……ま、ええわ。於市様のことは諦めたんや。諦めた。諦めた。はい、お終《しま》い！」

そう言って秀吉は肩を落とした。失恋した中年男、少し哀れだ。

（や、これで、むしろ良かったのではないのかなァ）

そう与一郎は思う。

本妻であれ側室であれ、この長浜城に於市が輿入《こしい》れしたとする。与一郎や石田《いしだ》佐吉《さきち》（三成《みつなり》）、片桐助佐《かたぎりすけざ》（且元《かつもと》）、藤堂高虎らは自然と於市側に付くことになるだろう。一方、主流派の尾張衆はオネの下に結束する。羽柴家は内部対立を孕《はら》むことになるのだ。

最前、秀吉は「オネが臍を曲げてしまったからには、もういかん」と言った。あれは単に「古女房が恐《こわ》い」だけの言葉ではないのかも知れない。もう少し組織を慮《おもんぱか》った深い計算から「無理や」と判断した可能性が無くもない。

ともあれ、与一郎とすれば救われた思いだ。

於市を口説くという岐阜での役目は、完全に失敗した。しかも失敗の主因は、与一郎自身の過去の女性問題にあることは間違いないのだ。もし秀吉に事情を調べられたら窮地に陥るところであった。

(和音殿が、オネ様に通報してくれたお陰で助かったわ。世の中、分からんもんやなァ)

「なに、女なんぞ星の数よ」

「さ、さ、然《ふけ》様にございますとも」

物思いに耽っていたので、少し舌がもつれた。

「星の数といえば、おみゃあが連れてた女足軽、あれはどうなったね？」

(そこにくるのか？　於市様を諦めて肩を落とした直後やろ。少しでも哀れんで

やって大損したわ）

「あれは……死に申した」

ぶっきら棒に答えた。

「嘘つけェ！」

秀吉が目を剝いた。

「北陸に発つ前、城内で尻振って歩いとるのを見たわ」

「そ、それは双子の妹にござる」

「入れ物が同じなら、双子でも妹でもかまやせんがね」

（この助平は、話にならん）

「あんの……」

「なんや？」

「あの者は……実は、いずれそれがしの女房にしようか、と」

（ああ、口にしたくなかったことを、遂《つい》にゆうてしもうた。こうでもゆわな、秀吉様の毒牙から弦丸を守れんからな）

「ほう、そらメデタイことだがね」

「え、然様ですか？」

意外な反応である。祝福されてしまった。

「ワシがちぃと味見した後に、おみゃあが女房にしたらええ。そうすればワシらは義理の兄弟だがや、ゲヘヘヘヘ」

——やはり、最低だった。

四

秀吉に謹慎処分が下って三日目、長浜城の大手門前は騒然としていた。数百名からの群衆が手に手に荷物を抱え、陽気に歌い囃《はや》しながら押し寄せてきたのだ。武士ではない。農民がいる。商人がいる。職人もいる。男も女も、子供まで交じっている。

「すわ、一揆やも知れん。城門を閉じよ!」

門番たちは慌てふためき、大手門の重い門扉を閉じて閂《かんぬき》をかけたのだが、群衆は一揆ではなかった。むしろ話は逆で——

「秀吉様が、信長公から叱られて謹慎を食ろうとるそうな。我らがお城に出向いて、殿様をお慰めし、励まそうではないか」

と、酒と肴《さかな》を持参で、やってきたものだ。

天正元年（一五七三）に浅井長政を滅ぼすと、信長は戦功抜群だった秀吉に、浅井家の旧領の内、十二万石を与えた。しかし、浅井の居城・小谷城は、守るには堅いが、少々不便な山城である。秀吉は、この不便さを嫌った。

「せえっかく琵琶湖と北国街道があらすのに、山ん中に引っ込んどっては、銭ァちいともワシの懐に入ってこんがね」

と、琵琶湖畔にある今浜の地に、新たに城を築き、長浜と名づけた。勿論、長浜の「長」は、信長から一文字を拝借、抜け目のない秀吉、主に媚《こび》を売ることも忘れない。

ただ、新しい城下町とその近郊農地を発展させるには、大勢の人材が必要だ。商人と農民を集めねばならない。秀吉は二つの策を採った。

第一は、信長に倣《なら》い、城下での楽市楽座の実施である。特定商人の寡占《かせん》を認めない自由化政策だから、新規参入が容易になる。

第二は、年貢と賦役を一定期間免除する策を採った。農民の「総取り」だから、作物を作れば作るだけ儲《もう》かる。

「羽柴様はええ。元は尾張の百姓の出らしいから、ワシら庶民の心が分かっていなさる。ほんに羽柴様はええ」

と、長浜城下には商人や農民の移住が相次いだ。新しい琵琶湖畔の町は、活況を呈し、秀吉景気に沸いたのである。

その人気抜群の羽柴様が、事もあろうに信長公から謹慎処分を受けたと聞いて、秀吉贔屓《びいき》の城下の庶民たちは、居ても立っていられなかったのではあるまいか。ここで羽柴家が改易でもされたら、新しい殿様が来る。その新領主が楽市楽座を続けてくれるのか、年貢を減免してくれるのか分からない。ここは「我々が秀吉公をお慰めし、励ますことで、なんとか踏み止《とど》まっていただこう」となった次第である。

「おお、おお、郷《さと》の者ども、よう来たァ」

これに、秀吉が悪乗りした。

「さ、門を開けよ。郷の者は我が子も同然だがや。さ、ともに飲んで歌おうぞ。憂さを晴らそうぞ」

万《よろず》、賑《にぎ》やかなことが大好物な秀吉である。城の酒蔵から酒樽《さかだる》を引き出し、自らも宴《うたげ》の輪に飛び込んだのだ。羽柴家家来衆からの参加も相つぎ、まさに酒池肉林、飲めや歌えの大騒ぎ、長浜城は享楽の巷《ちまた》と化したのである。

そんな饗宴《きょうえん》が数日も続いた。

兄に似ず、こちらは万、地味で慎重な長秀である。

(謹慎中の乱痴気騒ぎ……大丈夫かね)

と、心配になってきた。信長はなにしろ疑《うたぐ》り深い。柴田勝家や丹羽長秀のような譜代の重臣にまで「密偵をつけている」ともっぱらの噂だ。この長浜城にも、信長の間者《かんじゃ》がいないはずがない。大饗宴のことは、すぐに安土城の知るところとなるだろう。

「兄さ、ちいとええかいな?」

長秀は、焚火の前で半裸の百姓女二人を両脇に抱え、大鼾《おおいびき》をかいている秀吉の肩を揺すった。

「おう、小一郎か……おみゃあ、飲んどるか?」

「飲んどるか、ではございませんがね」

「なによ?」

「ちいとばかし、お話がございます」

「後にせェ、今忙しいんだわァ」

と、女の乳房を荒々しく揉み、女が嬌声《きようせい》――というより悲鳴をあげた。

(嗚呼《ああ》……こんな兄さが、気位の高い於市御寮人に好かれるわけがねェわ)

長秀は内心で辟易《へきえき》していた。兄のことは大好きだが、この破廉恥な女好きだけはなんとかならんものだろうか。

(ほんに身の程を知らんのやから。もし於市様が嫁に来られたら、同じことをするお積もりやったのやろか……信長公に耳と鼻を削《そ》がれるど)

「大事なことだで、一つ頼みますわ」

生真面目な長秀はなおも粘った。

「しょうがねェのう」

ようやく女を解放し、フラフラと立ち上がった秀吉の足元がふらつく。慌てて長秀が支えた。

「あ、あぶねェ。お気をつけて」

「阿呆ッ。心配ねェがや」

兄弟は書院へと戻ったが、秀吉が「水をくれ」というので、長秀は大鉢に並々と注いで手渡した。大酒を飲んだ後には、どうしても大量の水が欲しくなる。秀吉は美味そうに、喉を鳴らして鉢の水を一気に飲み干した。

「ああ、美味ェ」

「大丈夫ですかいね？」

「たァけ。こんな蚤《のみ》の珍宝ぐらいの酒で酔う秀吉様ではねェわ」

「や、そら、酒もそうですが、兄さは今謹慎中の身ですがね」

「だからなによ？」

と、睨んだ鼻の頭に、縮れた毛が一本付いている。黙って指を伸ばし、縮れ毛を排除した。

「や、だから……謹慎しとるようには見えねェから」

「ワシは上様からお許しを得とるんや。謹慎中でも酒や女は勝手にせェとな」

「御冗談を」

牛似の弟が冷笑した。

「嘘なもんかい！」

猿似の兄が目を剝いた。

「な、小一郎よ」

「はい」

「おみゃあ、ワシがどうして、酒飲んで騒いどるのか分かるか？」

「そこですがね。ワシもいろいろと考えたんですわ」

百姓相手に狂騒を繰り広げるのは、信長に「猿には謀反の下心はない」と安心させるためかも知れない。猜疑心が強い信長のこと、秀吉が黙って居城に引き籠っていると、あらぬ疑いをかけられかねない。

「阿呆のように大騒ぎしとれば、さすがに謀反を疑われんで済む……兄さの狙いはそこかなと」

「ふん、考え過ぎだがね」

秀吉が鼻先で笑った。

「先日の安土城で、上様のワシへの怒りはもう治まっとるわ」

ちなみに、信長の脇差に傷つけられた秀吉の上唇は、まだ完治していない。

「謹慎は、織田家内へのけじめに過ぎん。上様御自身がそうゆうておられたわ」

「では、本当に信長公の怒りは……」

「当たり前だがね。なにせあの御気性よ。しっかり、確実に、完全に鎮めてからでねェと、危なくて安土城から帰れねェわ」

信長の命に違背、それを咎められて安土城に召喚されたときから、秀吉は主人の勘気が完全に鎮まるまでは「安土城から出まい」と心に決めていたという。

「御勘気が治まらねば、上様の足を嘗めてでも、許しを乞おうと思っとった。もし上様に嫌われたなら……ワシはもうワシではのうなる。織田信長あっての羽柴秀吉だがね」

そこまで言うと、秀吉はフウと溜息をつき、呆然《ぼうぜん》と虚空を見つめて、しばらく黙りこくった。

「ま、そんなところだがや」

「驚きました。兄さ、そこまで上様を慕っておられたのですね」

「ワシもおみゃあも、元々百姓だがや。道徳として学んだのはなんだった？」

「正直と勤勉ですか？」

「ほうだがや。その二つだけや。忠義などは学んだ覚えもねェわ。そのワシがかくも上様を慕うのは何故《なにゆえ》か。上様がワシの器量を誰よりも認めて下さるからや。武士も商人も百姓もそこは一緒よ。自分の価値を認めてくれるものにこそ、漢は殉じるべきだがね。もし、どうしても上様がワシの首を刎ねると仰せなら、ワシの命運もそれまで。笑ってこの痩せ首を差し出すまでやがな」

書院にしばし沈黙が流れた。

「では、最初の御質問に戻りまするが……」

長秀が会話を再開させた。

「兄さはなんで、百姓相手に毎日酒を飲み、騒いでおられるのですか？」

「だから、それはさ」

秀吉が、辺りを窺い、声を潜めた。

「はい」

長秀が身を乗り出した。

「ワシが……あの手のどんちゃん騒ぎが大好物だからよ、へへへへへ」

「な……」

（な、なんや……単に、好きでやっとったんかい！）

長秀、鼻白《はなじろ》んで天井を仰いだ。

後日、長秀から「秀吉流忠義論」を伝え聞いた与一郎は、秀吉の忠義論が藤堂高虎のそれとまったく同じであることに気づいた。思えば、秀吉も信長に仕える前、幾人か主人を替えている。そこも高虎と一緒だ。

（翻《ひるがえ》って、俺自身はどうであろうか）

自邸の居間で弁造と左門の話を聞きながら、つい物思いに耽ってしまった。

（今まで仕えてきた主は、浅井長政様、羽柴秀吉様、羽柴長秀様の三人や）

三人とも与一郎のことは、それなりに評価して「くれていた」乃至《ないし》は「くれている」と思う。現在、秀吉からの評価は若干下降気味だが、それでも目をかけて貰っている事実は変わらない。秀吉や高虎の説に従えば、自分は「己を知るよき主人」に恵まれていることになる。

弁造と左門は、奈良盆地を東西に流れる大和川の渡渉点について語っている。宇治で与一郎と別れた弁造ら三人は、その後奈良盆地に入り、斑鳩周辺を精力的に調べてくれた。幾枚もの詳しい絵図を描いて持ち帰り、それを長秀に提出した与一郎は、大層褒められ晴れがましい思いをしたものだ。与一郎は「よき家臣」にも恵まれていると感謝した。

ただ、長秀の言によれば、羽柴隊は多分信貴山城の西側に配置されるらしく、斑鳩の情報はさして重要とは言えないのだ。勿論、それを弁造たちに伝えようとは思わない。ニコニコと頷き、聞いている振りだけしている。

（でも、浅井は三十九万石。秀吉様は十二万石。長秀様は一万三千石やからなァ）

与一郎の能力を認める「よき主人」の領地は徐々に小さくなっている。

身代が大きければ大きいほど、家臣の数は増えるから、優秀な人材も多く含まれるようになる。家臣間の競争が激化する道理だ。つまり、与一郎は競争に敗けて、徐々に小者の大将にしか認められなくなった——そうも考えられる。

（寂しいことやが……ま、俺の分際が「その程度」と納得し、今の立場で全力を尽くすしかないのう）

与一郎はそんなことを考えていた。弁造に代わり、今度は左門が話している。話の内容は——申しわけないが頭に入っていない。

同年九月二十三日、加賀国は手取川《てどりがわ》の戦いで柴田勝家指揮の織田軍は、上杉軍に大敗を喫してしまう。増水した手取川で水死した者を含め、四千人あまりの死者がでた。勝家は北陸制圧を諦め、加賀との国境の砦にわずかな兵を残しただけで、本隊は越前まで退き、守りを固めることにした。

長浜城に大敗北の報せが届いたのは、敗戦から三日が経った九月の二十六日である。長秀は早速本丸へと上り、謹慎中の兄と面会した。

「偉いことですがね。修理様はきっと、敗因を兄さの所為《せい》にするに違いねェ」

「なんでワシの所為なのよ？　ワシは手取川におらんかったのよ？」

「や、だから……兄さが陣を払って逃げ出したから敗けたと」

「人聞きの悪ィことを抜かすな。逃げたのではねェわ。撤退しただけだがや」

「似たようなもんですがね」

長秀が嘆息を漏らした。

「小一郎、心配はねェ。この敗戦はむしろワシには有利に働く」

「ほうですか？」

長秀は兄の意見に懐疑的だ。

そもそも、昨年は木津川口海戦で大敗を喫し、松永久秀が謀反を起こした。相変わらず石山本願寺は頑強に抵抗を続けている。そして、今回は上杉謙信にまで敗けた。信長包囲網の気勢は上がる一方だ。

「弱り目に祟《たた》り目ですわ。この上、手取川敗戦の責任まで問われたら、兄さ、これもんですがね」

と、己が腹をなぞり、切腹の仕草をした。

「話が逆だわ。織田家が窮地だからこそ、ワシの首は繋がるのよ。ここだけの話なァ……今の上様に、ワシを懲戒する余裕などねェのよ、へへへ」

秀吉が弟に顔を向け、ニヤリと笑った。

「秀吉を呼び戻し、秀吉の力を使い、一刻も早う松永久秀の謀反を鎮圧させるべしと、上様ァ今頃考えておられるはずだがね。間違いねェわ」

手取川での大敗北から六日後の九月二十九日、信長は久秀の説得を断念し「信貴山城を攻める」旨を決意した。すでに大和国に展開、法隆寺に本陣を置いている明智光秀、筒井順慶、細川藤孝《ほそかわふじたか》らに、総大将として岐阜から呼び寄せた嫡男信忠を派遣すると伝えた。

信長は、同時に秀吉の謹慎を解いた。秀吉は欣喜《きんき》雀躍《じゃくやく》、麾下の全軍に檄《げき》を飛ばした。

「次の戦場は大和国だがや。精々働いて一儲けせよ。ワシはケチらんぞ。銭でも領地でも女でも望みのままや。武功を挙げろ！　パーッとゆけ、パーッと！」

琵琶湖の水面に、武士《もののふ》たちの雄叫《おたけ》びが木霊《こだま》し、長く漂った。

第四章　信貴山城攻め――大仏の意趣返し

一

十月一日未明、織田信忠は羽柴秀吉らを率い、安土城を発った。二泊三日で二十三里（約九十二キロ）を進む強行軍で、十月三日までには斑鳩の本陣に、四万人からの織田勢が集結する予定である。

出陣に先立つ九月二十九日に開かれた軍議の席上、織田軍の総勢四万の内の一割、四千人をもって「信貴山城の搦手である西斜面を攻めたい」との秀吉の提案は、信長により即座に却下された。

「大軍をもって、正々堂々と東斜面から仕掛ける。猿、ワレの策は姑息《こそく》じゃ」

「ワレは謹慎明けじゃ。ちいとは遠慮せい」

「ぎょ、御意ッ」

泣く子と信長には勝てない。信長としては、姑息云々の前に、西斜面は急勾配で、かつ谷底が森となっていれば、大人数を展開させる場所にも事欠き、総じて、自軍の損害が大きくなり過ぎる、と判断したようだ。ただ、秀吉はなおもしつこく粘った。秀吉にしては珍しいことだ。

弟・長秀にわずか三百人の別動隊を率いさせ、西斜面を攻めさせる策を提案したのだ。

「たったの三百人でええのか？」

「御意ッ。元より手前は、手勢の主力を率いて東側に陣取り、秋田《あきた》城介《じょうのすけ》様（信忠）のお手伝いをさせて頂きまする」

「然様か……ま、三百人なら、たとえ全滅しても、大した痛手にはならんわな」

と、信長がようやく頷いてくれた。四千人の予定が三百人に減ってしまったが、秀吉は安堵の胸をなでおろした。実は、三百人の長秀隊は今ごろ、京都盆地を進んでいる——そう、謹慎が解ける前に、信長には内緒で、長秀隊を先発させてい
「あんの……」

たのだ。

話は十月一日に戻る。羽柴長秀隊は本隊より先行し、左手に生駒山地を眺めながら東高野街道を南下していた。与一郎が率いる大石家の面々も、その隊列の中に交じっている。

「おい、与一郎ッ」

鞍上の長秀が振り返り、手を振って呼んだ。

「ははッ」

与一郎は機敏に雪風の鐙を蹴り、長秀の馬に追いついた。

「おみゃあ、郎党を連れて先行せえや」

長秀の兜は、筋兜に前立が三つ鍬形《みぐわなり》である。昨今「変り兜」が大流行で、鯰《なまず》だの百足《むかで》だのを飾り物とする武将が多い中、長秀のそれは人柄そのままに、古風で地味だ。与一郎が被った漆がけの桃形兜《ももなり》がむしろ派手に見える。

「我が隊はこれから高安山の砦址《とりであと》を占拠する。道筋に危険はねェか、伏兵はいねエか、よう調べて報せて寄越《よこ》せ」

「御意ッ」

斥候任務を仰せつかった。信貴山城西側の森には土地勘がある。弦丸と枯葉の土饅頭を並べて一夜を過ごした森だ。馬首を巡らし、張り切って家臣たちの元へと取って返した。

家来四人とともに先行した。半弓を抱える弦丸に雪風の轡をとらせて、与一郎が大弓を手に先頭に立った。百匁筒を抱えた弁造に続くのは、三十匁筒を持った義介、左門は最後尾を頭陀袋と義介の槍、弁造の六角棒を抱えて歩いている。大筒類の弾薬などは、袋に入れて雪風の鞍に縛りつけた。大石家はわずか五人だが、大筒が二門に毒矢を使う凄腕の弓兵が二人おり、その戦闘力は「百人の足軽隊に匹敵」と自負している。

「弦丸、お前、高安山への上り口、覚えとるか？」

与一郎は不安を覚え、鞍上で身を屈めて轡とりの足軽に問うた。

「尾根の形を覚えているから、多分大丈夫」

やはり弦丸は頼りになる。猟師は山中で迷うと、尾根や頂上をめざして上るらしい。見晴らしの利く場所で周囲を眺め、記憶にある山の形を探して、進むべき方向を知るのだ。無論、特徴のある巨木や奇岩の場所は、すべて頭に入れておく。猟師が山でなかなか遭難しない所以である。

弦丸が「ここだ」と足を止めた。

（本当や、まさにここや）

見上げる尾根の形状が、薄《う》っすらと記憶に残っている。ここからは徒歩だ。雪風の番を兼ねて、大筒を抱える弁造と義介は麓で待機させることにした。左門と弦丸と三人で森に分け入った。

八月に偵察に来たとき、この辺りで足軽に殺された戸田とかいう徒武者の軀は、すでに跡形も無かった。獣に食われたか、里人が哀れんで埋葬したかは知らないが、いずれにせよ、ああして配下や仲間に殺されるのだけは御免だ。戦場で敵に殺される方がまだいい。無念さが倍増しそうで、諦めがつかない。

尾根にある高安城を目指し、紅葉に染まった広葉樹の斜面を上った。前回来たときに比べて林床の藪は枯れており、大分歩き易い。

弦丸が先頭を歩き、大弓を抱えた与一郎が続き、左門が殿《しんがり》軍を務める。その左門は、息が苦しそうだ。頭陀袋と六角棒などの重い荷物は、弁造に預けてきたから身軽なはずだが、やはり肥満体だ。山登りは相当苦痛らしい。手槍を杖に、喘《あえ》ぎ喘ぎ上ってくる。

「左門、つらいか？」

ここは敵地である。小声で、囁くように質した。

「や、大丈夫にござる」

と、無理に笑って見せたが、やはり尋常でないほどの汗をかいている。

「おい、弦丸」

「はい」

と、足を止め、振り返った。

「俺たちはここで一息入れる。すまんが先行して、敵の有無を探ってきてくれ」

「承知ッ」

「お互い、呼び合うときは鳥の鳴き真似《まね》を二回や」

「わかった」

「弦丸、すまんでござる」

と、へばった左門が照れ臭そうに、後輩に詫びた。

「ハハハ、痩せなされ」

それだけを言い残すと、弦丸は茂みの中をドンドンと上り、すぐに姿が見えなくなった。与一郎は左門を促し、枯葉の上に腰を下ろした。具足を着ていると、腹や腰が圧迫されて座るのは辛いものだが、ここは急峻な斜面なので、足を谷側にして座ると大分具合がいい。

「殿、相すみません」

「今後のこともある。ま、無理はせんでええが、少しずつでも痩せろや」

「御意ッ」

大石家の中では弁造が一番の大食漢だ。二番目が義介でその次は、女だてらに弦丸なのである。ところが、この三人はまったく肥えない。どんなに食っても痩せている。ところが、与一郎と同じぐらいしか食べない左門だけが、確実に肥っていくから不思議だ。ある意味体質であり、仕方がないのかも知れない。極端に食事を減らしたりすると、健康を損ねるおそれさえある。無理は禁物だ。

「痩せるといっても、すこしずつでええよ、な？」

「は、はい」

気まずい沈黙が流れた。森の中はシンと静まっている。時折、風もないのに林床に敷き詰められた枯葉が、カサコソと鳴った。栗鼠か兎でもいるのだろう。

「な、左門」

「はい」

「松永久秀、お前、見たことあるのか？」

「や、ないでござる」

現在の織田家の領地は、五百万石に近い。動員兵力はざっと十三万人だ。顔見知りはほんの周辺だけ、会ったことも、みたこともない同僚がほとんどだ。

「どんな男やろうなァ？」

「どんな男なのでござろうなァ」

かつて信長は、安土城を訪問した徳川家康に松永久秀を引き合わせたそうな。このとき、久秀を「常人には敵わぬ三大難事を、見事成し遂げたる天下の大悪人なり」と評して大笑いしたそうな。

「大悪人とな……や、そうは見えませぬが」

家康は、当たり障りのない返答をし、畏《かしこ》まる久秀の顔を訝《いぶか》しげに眺めた。

「それが、なかなかやらかしとるのよ」

信長は、話すのが楽しくて仕方がない風で、満面の笑みを浮かべた。

「まずな……」

久秀は、主家三好家を乗っ取った。その折、三好家の一門衆を次々に謀殺したのだ。主君長慶の弟・十河一存《そごうかずまさ》を毒殺。長慶の嫡男・三好義興《よしおき》も毒殺。長慶の弟・安宅冬康《あたぎふゆやす》については長慶に讒言して刑死させている——かなり、あくどい。

「ハハハ、で、次にはな……」

信長は話し続けた。

久秀は、主筋である将軍義輝《よしてる》の謀殺に加担した。永禄八年（一五六五）に起こった「永禄の変」では、嫡男松永久通《ひさみち》を派遣した。裏で糸を引いたのはすべて久秀だともっぱらの噂である——これも、ひどい。

「最後はなァ、ガハハハハ」

永禄十年十月十日、久秀は、奈良東大寺の盧遮那仏《るしやなぶつ》を破壊、そして焼きはらってしまったのだ——もう、悪人決定である。

呆れ果てる常識人家康を他所《よそ》に、信長は只管《ひたすら》笑い転げ、久秀は決まりが悪そうに、月代の辺りを指先でポリポリと掻いた。

ま、信長自身も、将軍義昭を追放しているし、比叡山を焼いている。伊勢長島《いせながしま》や越前府中では「根切り」という名の大量虐殺を犯した。所詮、久秀とは同じ穴の狢《むじな》である。親近感は覚えても、決して嫌悪軽蔑はしていなかったはずだ。

「あ、そうや」

不意に左門が、惚けた声をあげた。考えごとをしていた与一郎は我に返り、左門に振り向いた。

「なんや？」

「松永久秀ですわ」

「松永がどうした？」

「茶の湯やら書画骨董《こっとう》やらを極めた趣味人らしいでござるよ」

「趣味人とは？」

「普通の男は、身分とか領地とか名誉とか、銭とか女とかを欲すでござろう」

「まあ、そうやな」

「趣味人は己の趣味趣向をすべての上に置きますのや」

「身分や領地よりも上か？」

「ま、そちら側のお人でござろう。ウラたちとは違うのでござるよ」

「ふ〜ん……で、左門よ」

「はい」

「お前が今、一番に欲するものはなにか？」

「そりゃ……痩せたいでござるよ」

「あ、そう」

話が一周回って元に戻った。

二

なにせ、昼なお暗い森の中のことである。

ザワと繁みが揺れ「すわ、熊か、猪か」と身構えたのだが、姿を現したのは弦丸であった。

「尾根の砦に、二、三十人はいる。ただ、奴ら、本気ではないと思う」

「どうゆうことや？」

「飛道具の数が足らない。弓はなく、鉄砲は数挺。あれは砦を守る気はない。単なる見張りや」

長秀隊には三百人の兵員に加えて、二十五挺の鉄砲隊がいる。百匁筒と三十匁筒もある。勿論毒矢もある。飛道具無しの数十人が籠る高安城を落とすのは容易だろう。ただ、信貴山城からはわずか四半里（約一キロ）しか離れていない。谷を隔てているのだから、障害物はなにもなく、よく見渡せる。高安城が織田側の手に落ちたことはすぐに分かるだろう。あるいは強力な攻撃隊を差し向け、砦を奪還しにくるやも知れない。

（高安砦は険阻な山城や）

与一郎は考えた。

（そこに兵三百人で籠る。鉄砲隊と大筒が二門……敵は千人で攻めざるを得ない。斑鳩に四万の敵や、千人でも足らんか……ただでさえ脱走者が多い信貴山城や。斑鳩に四万の敵を背負った状態で、あえて高安城を奪還しようとは考えんやろ）

一旦、高安城を奪えば、後は安泰で「敵は来ないだろう」と結論づけた。早速長秀に報告せねばならない。

与一郎は弦丸と左門をその場に残し、一人斜面を駆け下った。

弦丸は斥候として欠かせない。敵の動向を見張らせるために残した。左門は少し違って、もう一度ここまで上らせるのは哀れ、と判断して残した次第だ。

「お前ら二人は四半刻（約三十分）ほど坂を上れ」

と、弁造に命じた。

「左門と弦丸が待ってる。俺は雪風を走らせて殿様に報せる」

「山道を四半刻って……迷いませんかね？」

弁造が不安げに質した。

「お前、元山賊やろ？」

「もう百年も前に廃業しましたわい」

百年はちと大袈裟《おおげさ》だ。弁造が山賊稼業から足を洗ったのは、永禄十年（一五六七）のことだから、丁度十年前になる。

「大丈夫や。藪の中に俺たち三人の踏み分け道がついとる。それを辿れば、左門に会えるよ」

「さいですか。では、そのように」

と、渋々頷いてくれたので、藪から雪風を引き出して跨り、強く鐙を蹴った。

「この尾根は、そのまんま高安城まで続いとるわけやな？」

と、長秀が絵図と実際の尾根を交互に指しながら質した。南北に延びる生駒山地の尾根筋に高安城はある。

「御意ッ」

「では、ワシらはここから上って尾根に取りつく。尾根伝いに南へと歩き、高安城を攻めるとするわ」

山城の直下を上れば、仮に敵が三十人でも、上から撃たれるので損害が出る。

敵のいないこの場所で坂を上りきり、尾根を歩いて、同じ目の高さで攻めかかる
——この方が安全でいい。

ただ、与一郎は、家来たちを高安城の直下の森に待機させている。このまま長秀隊とともに尾根に上るわけにはいかない。長秀から許しを得て、別行動をとることにした。雪風に飛び乗り、最前の場所へ取って返した。

(しくじったなァ)

鞍から下りた与一郎は、小さく舌打ちした。

(全員を上に上げてしまった。雪風の番をする者がおらんではないか)

まさか、馬を連れて山を上るわけにもいかない。仕方なく、よくしなる細木を見つけ、丈夫そうな枝に手綱を括りつけた。大木に括りつけると、悍馬の場合、癇癪を起こして木を蹴り、馬の方が怪我をしかねない。

「すぐに人を寄越すから、ここで待っておれ」

「ブヒン」

首を激しく振った。栗《くり》色の鬣《たてがみ》が大きく揺れる。御機嫌斜めだ。葦《あし》毛《げ》の馬の鬣は年齢によって大きく変わる。若駒《わかごま》の頃は濃色だが、やがて白毛が混じるようになる、最後には純白の鬣となり、得もいわれぬ美しさだ。

「雪風、臍を曲げるなよ」

「ブフン」

「しばらくの辛抱や」

と、優しく首筋を撫で、愛馬を残して急坂を上り始めた。


「長秀様は、高安城を尾根伝いに北からお攻めになる」

坂の途中の茂みの中、与一郎は四人の家来に今後の方針を伝えた。

「勝ち目のないことを悟った見張りの兵たちは反対側の南の尾根に逃れ、信貴山城に逃げ込もうとするやろ。そこを俺たちが待ち伏せる」

「皆殺しですな？」

弁造が百匁筒の砲身を撫で、ニヤリと微笑んだ。

「相手は謀反人や。殺すのもええな。ただ、生け捕りにもしたい。城内の空気、兵糧のこと、松永弾正のこと、いろいろと訊けるやろ」

「そら、ええですな」

今度は、砲身をポンと叩いて喜んだ。

「で、ものは相談なのだが……」

言い難いことも、しっかり伝えるのが主の役目だ。

「すまんが、左門は麓に下りて雪風の番をしてくれ」

「な、なんでウラが？」

いつも穏やかな左門が目を剝き、声を荒らげた。

「番をする者がおらんので、細い木に手綱を括りつけてきた。あれだけの名馬、盗られたくない」

「それは分かるでござるが……ウラも戦闘に参加したいでござるよ」

「我儘をゆうな。山城攻めは、お前の、その膨れた腹では無理や」

弁造が弟分を窘めた。

「は、腹って……そ、そんな」

左門の両眼から大粒の涙が流れ落ちた。悔し涙であろう。

仲間との大冒険を前にして、自分だけ外される悔しさが分からぬではない。ただ数日後には、長秀隊は信貴山城の西斜面に挑まねばならない。与一郎はその勾配のきつさを実見している。しかも木々はすべて伐採されているから、矢弾が降り注ぐ中、一気に急斜面を駆け上がらねばならないのだ。

「お前に、それができるか？」

「そ……」

左門、俯《うつむ》いてしまった。

「ブヒン」

「こらァ左門。男のくせにいつまでも……ブ、ブヒンやと？」

と、癇癪を起こしかけた弁造が振り向いた先——藪を踏み分けて灰色の悍馬が鼻息荒く姿を現した。

「ゆ、雪風か？」

雪風に間違いなかった。顔の下に垂れた手綱の先には、見覚えのある枝が括りつけられたままだったのだから。残されたことに不満が爆発した雪風は、繋がれていた枝を嚙みちぎり、苦労して坂道を上ってきたものと思われた。

「嗚呼、雪風の無念……ウラには痛いほど分かるのでござるよ」

歩み寄った左門が雪風の首を撫でると、馬は左門の顔に頭をソッと押し付けた。これは明らかに馬の愛情表現である。

（雪風の奴、とり残された者同士で共感し、左門と通じ合っておるわ……馬は賢いのう）

与一郎としても愛馬の心根には感動を禁じ得なかったのだが、やはり左門と雪風には、因果を含めて山を下りて貰うことにした。山城攻めに馬は要らない。むしろ有害でさえある。馬に跨れば、兵隊たちの頭の上に胸から上が出る。城の鉄砲隊にとっては格好の標的だ。如何な大将でも馬から下り、徒武者として戦う。それが山城攻めの心得なのだ。

「街道に出たら、北へ半里（約二キロ）歩け。長秀様たちのお馬を集めているところがあるはずだから、そこで一緒に預かって貰え」

「御意ッ」

「左門、ま、落ち込むな」

与一郎が、左門の具足の肩を叩いた。甲冑がガチャリと鳴った。

「戦はまだまだ続く。お前が存分に槍を振るえる戦場が、この先たんとある」

「でも……」

左門が恨めしげに与一郎を見上げた。

「信貴山城の次は毛利攻めでござろう？　つまり、山城攻めばかりが続くのでござろう？」

「野戦だってあるさ」

「あの辺りに、広い平野なんぞないでござる。摂津より西は山ばかりにござる。

つまりウラは……用無しでござるよ」

と、顔を伏せた。

「そ……」

有り体に言えばその通りなのだ。中国地方の戦は、山岳戦や山城攻めが基本になるだろう。左門のことは哀れに思うし、励まそうとも思うが、なまじ彼は賢いから、安直な言葉では、むしろ虚しさが募りそうだ。与一郎は、あえて黙っていることにした。

結局、左門は雪風を引いて一人坂を下って行った。

肩を落とした丸い背中を見送りながら、与一郎は思った。たとえ山城攻めであっても、左門が活躍できるような起用法を考えてやらねばなるまい。ただでさえ大石家は人手不足なのだ。肥えている以外は問題なく有能な男に、馬の世話ばかりをさせておくのは勿体《もったい》ない。

与一郎たちは、高安城の南側の尾根に潜んでいた。北側から長秀隊が攻めかかれば、東と西は崖だから、必ずや城兵はこちら側に逃げてくるはずだ。

藪の中で車座になった与一郎主従は、今後の手筈《てはず》を確認し合った。

「弦丸によれば、高安城におるのは精々が二、三十人らしい。そうやな？」

「はい」

弦丸が頷いた。

「三百人相手に、城兵がまともに戦うとは思えん。すぐに逃げ出してくるやろ。我らは無傷の二、三十人と戦うことになるぞ」

「こちらは四人か……随分とやり甲斐がありますなァ」

と、弁造が苦く笑って両手を擦り合わせた。

「普通に遣りあえば勝てん。大筒頼りや」

と、弁造が抱える太い百匁筒を指さした。

「弁造が射手で、義介は弾込めに専念しろ。百匁筒と三十匁筒を、やれる限り休みなく撃ち続けるんや。物狂いして突っ込んでくる奴は、俺と弦丸が毒矢で仕留める」

「御意ッ」

三人の家来が声を合わせて頷いた。

「最初の百匁筒で、蜘蛛《くも》の子を散らしたようになりますわ」

「多分な」

「三百人が尾根を進んでくるのですから、城兵は早々と気づくでしょう。襲撃が始まる前に、こちらへ逃げて来るやも知れませんな」

義介が言った。

「ならば、早速配置についておくか」

と、四人は腰を上げ、板札《いたざね》同士が擦れて音がしないよう、具足の草摺《くさずり》を簡単に縛った。

尾根の幅は広いが標高は然程《さほど》でなく、鬱蒼とした森におおわれている。城兵は尾根筋を南北に走る踏み分け道に沿い、逃げてくるものと思われた。待ち伏せる位置は、その茂みの中の道を、大筒や弓で狙える場所が一番だ。

「道の両側から狙いますか？」

「や、全員が固まって道の西側に陣取る」

見れば広い尾根筋の西側が少し高くなっている。

「こちらは飛道具や。同士討ちになりかねん」

「なるほど」

ちょうど良さそうな場所を見つけた。一丈（約三メートル）ほど高くなっており、踏み分け道を見下ろす角度だ。

「ただ、太い木々が混み合ってますな。もう少し開けた場所の方がええ」

大筒を撃つ弁造が注文をつけた。大量の塵弾《ちりだま》（散弾）を込めて撃つ気満々だが、木の幹に邪魔され、効果が薄くなってしまっては勿体ない。

さらに探して、格好の場所を見つけた。細い木が疎《まば》らに生え、明るく開けている。そこを踏み分け道は通っており、傍らの高さ一間（約一・八メートル）ほどの土手から道を狙える位置関係だ。

「ここなら、申し分ないですわ」

弁造も納得してくれた。この場所に決めよう。さあ、敵よござんなれ！

三

天正五年の十月一日は、新暦に直せば十一月の十日に当たる。季節は冬の走りで、寒いというほどではないし、藪に潜んでいても虫が出ない。そこはとても有難い。さらには、山の獣並みに敵の気配を感じ取れる弦丸がいてくれるので、三人の男たちはのんびりと待っていた。陽は大分傾いている。もうそろそろ長秀隊が、攻城を開始してもよさそうな時刻だ。

「私、見てこようか？」

痺《しび》れを切らした弦丸が与一郎に囁いた。

「城に近づくにしても一町（約百九メートル）までやぞ。茂みから顔を出すな」

「わかった」

と、頷いてニコリと微笑み、機敏に駆け去った。

「もう、火皿に口薬《くちぐすり》を盛ってええですか？」

義介が与一郎に許可を求めた。

「おお、口薬も火縄も準備してええぞ、ただ火蓋だけはきっちり閉じておけよ」

「はッ」

「一ヶ月《ひとつき》と少し前までは味方やった奴らに、今日は大筒を射かけるんですなァ」

弁造が不満げに呟いた。

「戦国の習いや。主人を裏切った松永久秀が悪い。その悪い松永に、唯々諾々《いいだくだく》と従っている家来たちも悪い。自業自得や」

「そら、そうやけど」

主従はしばらく沈黙を通した。

「そうでも思わな、やっとれんやろ？」

「ま、そうですな……お、弦丸や」

弦丸が駆け戻ってきた。慌てた様子だ。

「来る。二十四人や」

まだ銃声も鬨《とき》の声も聞こえない。長秀隊の攻撃は始まっていないのだ。攻撃される前に持ち場である高安城を捨て、逃げ出してきたらしい。

「二十四人か……飛道具は？」

「弓は無いが、鉄砲は二挺ある」

「なるほど」

与一郎は、思考を巡らせてから弁造を見た。

「百匁筒の初弾で敵の足を止めろ」

「承知ッ。先頭を走る奴らに向けて撃ち込みますよ」

後は与一郎と弦丸の毒矢で、鉄砲二挺は始末する。発砲しようと鉄砲を構えたところを、こちらは物陰に隠れて射殺《いころ》すだけだ。簡単にやれる。大筒の音と威力を目の当たりにし、さらに鉄砲二挺が無くなれば、怖気《おじけ》づいた兵たちは四散するだろう。

（ま、そう上手くばかりはいかんのが戦やけどな）

と、自嘲しながら毒矢の準備にかかった。右腰の箙には二十本の毒を塗った征矢《そや》と、一本の雁股矢《かりまたや》、さらには三本の鎧通し矢が詰めてある。

「弦丸、正面に高い椚《くぬぎ》があるやろ？」

「うん」

「あれの右側におる敵はお前が射る。椚より左側は俺に任せろ」

「わかった」

「殿、来ましたぜ」

弁造が声を潜めて伝え、百匁筒の火蓋をカチリと切った。火鋏に挿した火縄にフウと息を吹きかけたとき――来た来た。

木々の間を透かして、チラチラと走る武者の姿が見え始めた。鉢巻姿の徒武者四人が先頭を走り、後ろに二十人の足軽が続いている。

「弁造、よき頃合いで撃て。お前の判断で撃ってええ」

「承知ッ」

「鉄砲が見えるか？」

キリキリと弓を引き絞りながら、小声で弦丸に質した。

「列の真ん中辺りや。二挺見える」

「よし確認した。前の鉄砲は俺が射る。後ろの奴はお前に任せた」

「うん」

半弓を引き絞りつつ、弦丸が頷いた。

敵は、灌木《かんぼく》が生い茂る開けた場所にさしかかった。彼我の距離が半町（約五十五メートル）を切る。今だ。

ドカ────ン。

夥しい白煙とともに、百匁筒の銃口から大蛇の舌のような炎が二尺（約六十センチ）も噴き出した。銃身が真上へと跳ね上がる。弁造の怪力をもってしても、封じ込めないほどの衝撃だ。

半町先で、先頭の三人が血の塊となって地面に転がり、四人目が右腕を押えて片膝を突いた。

（正射必中、南無三！）

鉄砲足軽の一人を目がけ、ヒョウと放つ。

矢は狙い違《たが》わず、前を走る鉄砲足軽の肩に突き刺さった。即死するような場所ではないが、鏃にはトリカブト根を磨り潰した猛毒が塗ってある。この足軽、十も呼吸する間（約三十秒）に動けなくなり、ほどなく悶え死ぬ。

ヒョウ。

「ギャッ」

負けじと弦丸が矢を放ち、後続の鉄砲足軽の首筋を射抜いた。

ドコ————ン。

弁造の三十匁筒が火を噴き、さらに足軽二名が打ち倒され、数名が手足を押さえてうずくまった。残された足軽たちは、灌木の広場で待ち伏せされたことを悟り、すぐに森の中へと引き返し、大木の幹の陰に身を隠した。

ヒョウ。

「あがッ」

木の幹から顔を出した徒武者の顔に、弦丸の毒矢が突き刺さった。

（ひ、百発百中やなァ）

それを見て、負傷者を含めた残りの十七、八名は、東の方角に向けて藪を漕いで逃げ始めた。

「追わんでええ」

捕虜が欲しくはあったが、森の斜面に全員が散らばっていて、こちらは四人きりだ。深追いし過ぎると、待ち伏せを食らいかねない。

「まずは、高安城へ行こう。長秀様と合流するんや」

と、歩き出した与一郎を弦丸が呼び止めた。

「殿！」

振り返ると、倒れている小柄な足軽に向け、毒矢を構えている。

「こいつ、生きてる……てか、死んだふりをしてやがる」

四人で足軽をとり囲んだ。

「一瞬目を開けて、辺りの様子を窺い、また目を閉じた」

死んだふりとは狡い奴だ。

「こらァ、目を開けィ！」

弁造が足軽の脇腹をドンと蹴った。

「ぐふッ」

足軽の「死体」が呻いた。

驚いたことに、足軽はまだ子供だ。十二、三歳の少年だ。

「お前、名は？」

「む、虫若《むしわか》」

少年は、草の上に端座して震えながら答えた。

「虫若だとォ？　なめとんのかァ？」

弁造が凄むのを与一郎が抑えた。

「ま、落ち着け。変わった名の奴もおるさ……おい、虫若」

与一郎が捕虜に向き直った。

「……へい」

「お前は謀反人側の足軽や。本来ならは首を刎ねるところやが、もし、信貴山城の内情を話せば、命を助けてやらんでもないぞ」

「内情？　信貴山城の？　オラがかえ？」

「そうや。命が惜しいなら全部話せ」

「オラ、お城には、最近連れて来られたばかりで、何も知らん」

「なんやと！」

ゴン。

弁造が拳骨で少年の頭を殴った。子供を殴るな——与一郎と弦丸が呆れて同時に天を仰いだ。

「ほ、本当や。嘘は申しません。嘘は嫌いや」

「お前はこの辺りの者か？」

「いえ」

「家は何処《どこ》だ？」

「家は……ないな」

「お前、宿無しか？」

「へ、へい……師匠と二人で旅をしとりましたが、師匠が病で亡くなり、途方に暮れて道で寝ていたら、飯を食わせてやるからついて来いと……」

「松永家の足軽になったというわけか？」

「へい。足軽とゆうても槍は使えんから。飯炊きや洗濯ですわ」

「師匠と申したが、なにの師匠だ？」

「あの……そこは言い辛い」

ゴン。

「死にたくなかったら正直に喋れ！　早う喋らんと頭、割れるど！」

再び弁造が殴った。

「師匠の生業《なりわい》はなんや？」

「あの……ど、泥棒です」

「な……」

与一郎は一気にやる気を失《な》くした。折角、敵の足軽を捕縛し、情報を得ようと思ったら、足軽の正体は宿無しの子供で、しかも生業は泥棒だという。

「泥棒とゆうても、人は殺さんよ」

「当たり前や！」

弁造が吼えた。

「人を殺す泥棒は山賊とゆうてな。格が違うんや、格がなァ」

「阿呆、そこはどうでもええ。五十歩百歩や」

与一郎が弁造を窘め、そして虫若に向き直った。

「おい泥棒、一応は正直に話したから見逃してやる。失せろ」

「あの……殿様？」

「殿様って、俺のことか？」

「へい」

泥棒が頷いた。殿様と呼ばれて悪い気はしない。

「オラ、行くところがねェ。もう宿無しは御免やわ。炊事洗濯なんでもやります。ご希望なら泥棒もやるから、オラのこと、雇ってくれねェかな」

「召し抱えろとゆうことか?」

「へい。寝る場所と飯さえあれば、一切文句は言わねェ」

「阿呆ッ、俺にも矜持《きようじ》がある。泥棒を家来にはできん」

ここで何故か、弁造と目が合った。彼はすぐに目を逸らした。弁造は元山賊で

あって、泥棒ではない——らしい。

「そこを曲げて。一所懸命に働くからよォ」

虫若が地面に額を擦りつけた。

「実はオラ、お城の抜け道を知ってるのさ。殿様になら特別に教えたるわ」

「さっき『新参者やから何も知らん』とゆうたやないか!」

「それはそうやけど……なぜか抜け道にだけは気づいた」

「嘘をつくな。お前は家来にして貰おうと適当をゆうとる。見え見えや」

「う、嘘やないよ。嘘なんて生まれて一度もゆうたことがない」

ゴン。

三度、弁造が殴り、虫若は頭を抱えてうずくまった。

「そもそも、それが大嘘やわい!」

「駄目なものは駄目や。俺は行く。今度俺の前に現れたら許さんぞ」

と、厳しく睨みつけた後、高安城へ向けて駆け出した。

四

織田信忠率いる織田軍本隊は、生駒山地の東側を走る奈良街道を南下し、十月三日、斑鳩の法隆寺に置かれた本陣へと入った。概して歩兵部隊の行軍は、日に五里（約二十キロ）が標準である。古代ローマの百人隊から旧帝国陸軍まで大体同じ速さ《ペース》だ。人の営みは然程には変わらない。安土から法隆寺まで二十三里（約九十二キロ）ある。信忠の安土城出陣が十月一日未明だったから二日半——日に九里強（約三十六・八キロ）の強行軍となった。さぞや疲労困憊で休息と思いきや、信忠は同日、休むことなく信貴山城東山麓の城下町を焼き払うように命じたのだ。

——御曹司、やる気満々である。

「そりゃ、やる気にもなるでしょうよ」

遥か信貴山城の、そのまた彼方から上る「城下を焼いた煙」を眺めながら、弁造が呟いた。

「それだけ我が織田家が、追い詰められとるとゆうことですわい」

「弁造、お前、今日はやけに後ろ向きやなァ」

「まあね」

弁造が苦笑した。

与一郎は現在、弁造と二人、高安城の第二曲輪から東方四半里（約一キロ）にある信貴山城を見張っている。

三日に信忠が斑鳩の本陣に入ることは、あらかじめ長秀別動隊にも伝えられていた。だから煙が上がったときには「すわ、信忠公が早くも攻め入られた」「すでに信貴山城は燃えておるぞ」「我らもすぐに駆けつけねば」と大騒ぎになったものだ。しかし、長秀が物見を出してみると、焼けているのは城ではなく、その向こう側にある山麓の城下町だそうで――皆々ガックリときた。

「殿、身共は諸般の事情に鑑みてゆうておるのですぜ」

「ほう、鑑みとるのか、諸般の事情か……では伺おうか」

と、与一郎が家臣筆頭の弁造に向き直った。

「そもそもですな……」

北陸では上杉謙信に大敗を喫した。昨年の木津川口海戦での敗北以来、瀬戸内海の制海権は毛利水軍に握られたままだ。さらに、石山本願寺が落ちる様子は微《み》塵《じん》も感じられない。織田家は四面楚歌なのだ。

「今の織田家には、たかが謀反人の制圧ごときで、四万人も信貴《し》山《ぎ》城に貼り付けておく余裕はないのです。だからこそ、一刻も早く信貴山城を落とさねば、と慌てている」

「まあな。だからこそ遠路遥々《はるばる》到着早々、兵を休ませる間もなく、城下に火を放たせたのだろうさ」

急いでいるのは信忠ばかりではない。織田軍全体の気が急《せ》いている。

長秀隊が高安城を占拠した一昨日、十月一日のことだ。法隆寺に布陣した明智光秀、筒井順慶、細川藤孝の軍勢は、総大将信忠の到着を待たずに、早々と敵城を一つ攻め落としている。

法隆寺から見て南西方向へ一里(約四キロ)と少し、大和川を越えてすぐの比高十五丈(約四十五メートル)ほどの小高い丘に、信貴山城の付城があり、片岡城とよばれていた。城番は松永家郎党の海老名勝正と森秀光が務め、城兵一千人を鼓舞して奮戦したが、先鋒の細川勢から火のように攻め立てられ、わずか一日で攻め落とされてしまったのだ。

標高百六十丈（約四百八十メートル）の高安城と、標高三十丈（約九十メートル）の片岡城の間に視界を遮る物はなく、一里半（約六キロ）以上離れているにもかかわらず、両軍の鉄砲の音、鬨の声はハッキリと聞こえた。目のいい弦丸などは、斉射の際の発光が「確かに見えた」と主張したほどだ。

「や、実は殿……身共、妙な噂を聞き込んだのですが」

今日はいつになく冗舌な弁造が声を潜めた。

「武田勝頼《かつより》が密かに、関東の北条氏政《ほうじょううじまさ》の妹を後室に迎えたとか」

武田勝頼は信玄の倅で、現武田家当主である。

「いつや？」

「今年の正月」

「同盟か？」

「御意ッ」

武田勝頼は、駿河《するが》国と遠江《とおとうみ》国の間を流れる大井川《おおいがわ》を挟み、織田家唯一の同盟者である徳川家康と激しく抗争中だ。長篠《ながしの》の戦いで、多くの有力武将を失った武田にかつての勢いはないが、それでも大国北条氏の後ろ楯を得れば、徳川との戦いを有利に進められよう。織田政権の東の守りは、ひとえに家康の踏ん張りにかかっている。もし、武田の勢力が大井川を大きく越えてくるようだと、織田徳川連合軍は戦線の再編を考えざるを得ない。

「その話、誰がゆうとった？」

重要情報である。ことと次第では長秀に報告せねばならない。

「お、女ですわ」

大男が急にモジモジし始めた。

「何処の女や？」

「どこのって……遊び女ですわ」

「な……」

与一郎が目を剝いた。

弁造は大石家の家来筆頭で、頼りになる存在だが、ただ一つ、女性に奔放なところが問題だ。あちこちで農家の娘や商家の後家に手を出しては騒動となり、与一郎を困惑させた。今度はどこぞで遊び女を買ったらしい。

「遊び女の言葉など信じられるか……戯言《ざれごと》に決まっておるわ」

「や、あいつらは馬鹿にしたものではございませんぞ」

遊び女は、軍隊のあとを付いて回り、銭を貰って将兵の相手をする。当然、強くて勝つ側の方が景気はいい。銭払いもいい。敗ける側の軍隊についていても商売にはならない。どちらの国力が上か、総大将の器量はどうか、勝つのはどちらか、彼女たちは仲間同士で情報を交換するから、なかなかの事情通なのだ。

「それがもし本当だとしたらさ……」

与一郎が兜の眉庇《まびさし》から指を入れ、蟀谷《こめかみ》の辺りを掻きながら呟いた。

「北条も目先が利かんのう。今さら武田でもなかろうに」

「北条の奴、よほど徳川様が怖いのでしょう」

「それをゆうなら勝頼も油断がならんぞ」

相模《さがみ》国と遠江国の間には駿河国があり、今は武田が支配している。北条と徳川の緩衝地帯だ。その武田と同盟するのも結構だが、古来、戦略の要諦は遠交近攻というではないか。北条にもう少し知恵があれば、むしろ徳川や織田と緩く繫がる道を探っただろう。

「それにしてもさ」

与一郎が話を転換させた。

「徳川家康というお方、あの気難しい信長公一筋に十五年とは……随分と律義なお方よのう」

織田と徳川の同盟が結ばれたのは、桶狭間の二年後、永禄五年（一五六二）のことだ。離合集散を繰り返す戦国の世にあって、十五年も続く同盟は珍しい。

「ここだけの話……」

弁造が身を寄せ、与一郎の耳に囁いた。

「三河《みかわ》様は確かに戦はお強いが、あまりお頭《つむ》はよろしくない、との噂もございますなァ。犬ころのように信長公に従うだけで、あまり御自分の頭で考えるのはお得意でないとか」

「ハハハ、それは酷いな」

「三河は山深い土地柄ですからなァ。所詮は田舎者《いなかもの》なのですよ」

「そう腐すな。織田家の東の守りは、三河様に頼り切っておるのやぞ」

「ま、それはそうですけどね」

ピ〜ヒョロロロ。

鳶が長閑に鳴いて、与一郎の目の高さと同じ高度をクルリと輪を描いて回った。同じ光景を八月にも見た記憶がある。あの頃は、秋の風を吸い込んで大層心地よかったものだが、今はもう冬の冷たい風が吹いている。

「徳川といえば二年前」

弁造が話を継いだ。

「左門と三人で岡崎に潜入し、なんたらゆう謀反人を射殺《いころ》しましたなァ」

「大賀弥四郎《おおがやしろう》や」

「そうそう、そいつですわ」

大賀弥四郎は、岡崎三郎こと家康の嫡男松平信康と武田勝頼との仲介役をしていた徳川家の重臣である。秀吉は与一郎に「射込む毒矢には、織田木瓜《おだもっこう》の家紋を彫りこんでおけ」と命じた。信康の武田への接近を「織田家は知っているぞ」との徳川家への警告を絡めての謀殺であった次第だ。

「その後、徳川の御嫡男はどうなりましたのか？」

「さあ、よう知らんが、反省して大人しくしておられるのではないか？」

「徳川家に波風が立たんでよかったですわ。織田徳川の同盟は、我らのお陰で救われましたな」

「ハハハ、そうやそうや」

と、与一郎は機嫌よく笑ったが、その信康は、二年後の天正七年（一五七九）に父親の「あまりお頭《つむ》のよろしくない徳川家康」から切腹を言い渡されることになる。

五

信貴山城攻めは、十月五日未明から開始された。

織田軍本隊は大きく二手に分かれて城に迫り始めた。

明智光秀、筒井順慶、細川藤孝らの諸隊は、一日に攻め滅ぼした片岡城から北上し、信貴山城南東にある朝護孫子寺《ちょうごそんしじ》から攻め上った。雄岳山頂に屹立《きつりつ》する四重の天守に向かい駆け上る道である。

一方、総大将織田信忠が率いる羽柴秀吉、佐久間信盛《さくまのぶもり》、丹羽長秀の諸隊は、信貴山城北東にある宝青院側から攻め、御殿が立ち並ぶ、城中央部の松永曲輪を目指した。各隊、鬨の声をあげ、火のように攻め立てたが、松永側は各曲輪から鉄砲を撃ちかけ、頑強かつ必死に抵抗したから、なかなか落ちない。

同日、信長はかねてより人質にとっていた久秀の二人の孫を、京の六条河原で斬首に処した。

「十三歳と十二歳の兄弟は、顔色も変えず、落ち着いて西に向かい、小さな手を合わせ、ともに声高に念仏を唱えながら首を落とされたという。見る人は肝をつぶし、聞く者は涙を止めかねた。その哀れな有様は、とても見ていられないほどであった」

と、太田牛一は記録している。

織田軍本隊が信貴山城の東、斑鳩側から攻め、同時に長秀隊が西の高安城側から攻めて、「城兵の守備を分散させる」のが、織田方の——少なくとも羽柴兄弟の策であった。長秀隊はわずか三百人である。山の急斜面を駆け上り、曲輪を突破できるとは、実は誰も考えていない。織田家の戦略の中で、長秀隊は囮《おとり》役であり牽制《けんせい》役、悪くいえば捨て駒に過ぎなかったのだ。

「や、ワシは城を落とす気でやるよ。こっちが本気でやらな、相手は多少突っかけても乗ってきやせんがね。そうゆうもんだがや」

高安城の第一曲輪内での軍議の席上、長秀が断言した。大将、信貴山城の急峻な西斜面を本気で攻めるそうだ。その心意気やよし。

軍議と言っても、長秀の分際は一万三千石だから、参加した重臣は、末席の与一郎を含め、わずか四人である。秀吉は以前から、自分の領地の一割を弟に与えてきた。兄が百万石になれば、長秀は十万石の大名になれる。現在北近江の領地は十二万石だから、長秀の取り分は現状一万三千石となる次第だ。

「殿、なにせあの斜面にござる。本気で攻めるとなると、三百人ではとても足りませんぞ。下手をすると全滅しかねない」

羽田六蔵が、籠手をはめた左腕を、右手で擦りながら意見した。

六蔵は北近江羽田村の出身だ。長秀の家臣としては最も古株である。

「だから、そこは竹束を転がしてよォ。その陰に隠れてよォ。ちいとずつ上ればええんだわ」

「竹束もええですが、あれは重いから」

竹束――竹材を束ねて作る円筒形の防弾装置である。よく銃弾を防いでくれるが、何しろ重い。直径三寸（約九センチ）の竹材は、長さ一丈（約三メートル）に切れば一本で大体三貫半（約十三キロ）になる。それを十本束ねれば三十五貫（約百三十キロ）、二十本なら七十貫（約二百六十キロ）だ。平地なら台車に載せて押すことも可能だが、山城の斜面を上る場合、竹束を斜面に平行に寝かせ、数名で転がしつつ登坂するしかない。結構大変だ。

バシ、バシッ。バシバシッ。

敵弾が竹束に当たると、ものすごい音がして、陰に身を隠す者の心胆を寒からしめるのだが、弾は貫通しない。

「命が惜しいなら、不便とか重いとか不平を申すな！」

珍しく長秀が声を荒らげた。

「おっ母《かあ》の家に生きて帰りたかったら、不満をゆわずに竹束を黙って転がせ。兵たちにそうゆうとけ」

「御意ッ」

軍議は散会した。策としては単純明快なのだ。遮蔽物に隠れて、少しずつ坂を上り、よきところで竹束から走り出て敵陣地へと突撃する——それだけ。

(左門を帰すんやなかったなァ。奴は俺の家中では、弁造に次いでの力持ちや。竹束を転がすだけなら、足が速い必要もないし、左門を残しとくんやった)

しかも竹束を長秀に進言したのは自分だったのだから、随分と間抜けている。

(ただ、長い目で見れば、これは朗報やな。竹束押しは、山城攻めで左門が生きる道や)

単純な力仕事だが、左門も仲間と一緒に戦場に立てる。喜んでくれるはずだ。

五日の総攻撃の日、未明から侍も足軽も、竹材を一本ずつ肩に担いで、薄暗い中を高安城から谷へと下った。あらかじめ竹束を作っておくと、重過ぎて運ぶのに往生する。坂の下に到着後、荒縄で縛って完成させ、使用することに決まっていた。

三百人が、長さ一丈の竹を担いで森の中を進む。季節柄、下草は繁茂しておらず歩きやすいが、それでも、竹の端が木々の枝に引っかかったり、幹を打ったりで、苦労続きの行軍となった。わずか四半里（約一キロ）の森を全員が抜けるのに、一刻（約二時間）かかり、相当に難儀した。

森の端についた頃、目前に聳える信貴山城の向こう側から、銃声や砲声、鬨の声が伝わってきた。織田本隊の総攻撃が始まったようだ。

「ほれ、東側はもう始めよったぞ。早う竹束を作れ、遅れるなァ」

長秀が吼えた。

竹の太さにもよるが、十本から十五本を束ねれば、人がその陰に伏せって、なんとか身を隠せるほどの高さになる。ただ、繰り返しになるが——重い。

大石家に割り当てられた竹束の重量は、四十八貫（約百八十キロ）である。於弦、義介と較べて、やや膂力《りょりょく》に勝る与一郎が竹束の右端を押し、剛腕の弁造が左端を押すことにした。百匁筒と三十匁筒と弾薬類は義介が抱えた。弦丸は毒矢を構え、陣地から出て、竹束に突っ込んでくる無謀な敵兵を排除するのが役目だ。

「よお聞けェ」

長秀が全軍（といっても三百人だが）に向けて、再び吼えた。

「我が鉄砲隊の斉射を合図に、竹束を進める」

特に、与一郎たちには、出来るだけ上り、地面を掘って「仕寄せ（塹壕《ざんごう》）」とし、そこから曲輪に向けて大筒を撃ち込むことが期待されている。地面を掘る鋤《すき》鍬《くわ》を三本、弦丸が背中に背負っている。

「それゆくぞ。鉄砲隊、火蓋を切れェ」

長秀が三度吼えた。

カチカチカチカチ。

坂の下で二十五挺の鉄砲の火蓋が開放された。見上げる斜面には遮蔽物は一つもない。草一本生えていない。ツルツルの土の壁だ。

「狙えッ。ええか、撃ち上げや。弾は御辞儀するぞ。少し上側を狙えよ」

上方に向かって弓や鉄砲を放てば、矢や銃弾は通常の狙いより下に当たる。反対に、上から下方に向かって放つと、矢弾は延びて、狙いよりやや上に当たる。

高度差がある射撃の心得だ。

「放てェ！」

ドンドンドンドン。ドン、ドンドン。

斜面下からの射撃である。敵兵は見えない。大きな損害は与えられないだろうが、それでも、土塁や土嚢の陰から「頭を出し難《にく》くなる効果」はあるはずだ。

「それ行けェ！」

四人で身を伏せながら、弁造と与一郎で左右から、上へ前へと竹束を押し上げた。円筒形に作ってあるので、転がせるところがいい。多少は楽ができる。ただ、油断してうっかり手を放すと、竹束はすぐにも転がり落ちようとするから、気は抜けない。

「エイトウ、エイトウ、エイトウ」

　四方から、低く腹に響く武者押しの声が沸き上がってきた。

「エイトウ、エイトウ、エイトウ」

声に合わせ、一歩ずつ急峻な坂を上っていく。

義介は、百匁筒と三十匁筒が合わせて十貫（約三十七・五キロ）、さらには弾や火薬も抱え、それらの重さに喘ぎつつ上っている。

弦丸は、鋤と鍬を背負っただけだが、なにせ戦場である。城兵は城に籠っているばかりとは限らない。槍を構えて突っ込んでくる命知らずも希にはいるのだ。その場合は弦丸の毒矢だけが頼りとなる。

「そら押せ」

「やれ押せ」

弁造と声を掛け合いながら、息を合わせて竹束を押した。

ドンドンドンドン。ドンドン。

バシバシ、バシッ。バシバシッ。

坂の上で濛々《もうもう》たる白煙が上がり、斉射がきた。竹束を支える腕に、幾発も着弾した衝撃が伝わる。五発、否、六発以上も竹束が防いでくれた。もし、竹束が無かりせば、一瞬にして小さな大石家は壊滅していたかも知れない。

「殿!」

這いつくばって身を低くし、竹束の陰に身を隠す弦丸と義介を越えて、左端の弁造が声をかけてきた。

「なんや?」

と、右端の与一郎が応じたその刹那——

ドンドン。ドン、ドンドン。

バシバシッ。バシバシッ。

またもや斉射がきた。なんだか大石家の竹束が狙われているようにも感じる。

「み、身共らの竹束は先頭を上ってますわ。どうします？」

二十台の竹束が斜面をゆっくりと上り、その背後に数名から十数名の兵士が身を隠し、続いている。鳥の目で空から眺めれば、奇妙な大きな生き物が二十頭、斜面を這い上っているように見えているのかも知れない。

「先頭のなにが悪い？　一番槍でええやないか。我らは仕寄せ（塹壕）を掘って、攻撃の足場を作るんや」

「でも、敵の弾が身共らに集中してまっせ」

――いつの世も、出る杭《くい》は打たれる。

「阿呆ッ！　死ぬ気で進まんかい……」

ドンドンドンドン。ドンドンドンドン。

バシバシ、バシッ。バシバシッ。バシッ。バシバシ。

――顔も上げられない。生きた心地がしない。

「よ、よし……す、少し待とうか、ゆっくりでええぞ」

「御意ッ」

——さしもの与一郎も怯《ひる》んだ。

「い、石が来るぞォ！　気をつけろォ！」

長秀隊の誰かが叫んだ。与一郎が兜の眉庇《まびさし》を上げて遠望すると、差し渡し三尺（約九十センチ）以上もある巨石を、六、七人がかりで、坂の上から転がそうとしているではないか。角を削ってあるようで、ほぼ球形をしている。坂を転がれば相当な勢いがつきそうだ。

（あ、あんなものに当たったら、竹束なんぞ木《こ》っ端微塵《ぱみじん》やぞ）

当然、人間はペシャンコだろう。巨石には、大筒も毒矢も通用しない。

ゴロン。

大きく揺れて巨石が斜面を転がり始めた。

「あ、あかん……」

ゴロン、ゴロン、ゴロン。

跳ねる度に速さを増していく。しかも、真っ直ぐ与一郎たちの竹束に向かってくる。城兵も、先頭を進む目障りな竹束に狙いを定めたのだろう。死が、破滅が、ペシャンコがドンドン近づく。

「た、竹束を捨てて逃げェ！」

と、与一郎が叫び、四人が逃げ出すと、支えを失くした竹束は徐々に転がり、坂を下がり始めたが、勢いをつけた巨石にすぐ追いつかれた。

グシャッ。

巨石の破壊力は無双だ。あれだけ矢弾を防いでいた頑丈な竹束が、まるで大男が竹細工を踏んだかのように、あっけなく潰された。

ドンドン。ドンドン。ドン。

竹束の庇護を失くし、斜面を駆け下る四人に、敵の鉄砲が容赦なく追い撃ちをかけてきた。

「かたまるな！　広がって逃げろ！」

チュイーーーン。チュイン。

与一郎の頭上を、敵弾が数発、唸りをあげて飛び去った。敵も慌てている。撃ち下ろしの鉄則――弾が伸びることを計算に入れ「やや下を狙うべし」を忘れ、正照準で撃っているようだ。

ドン。ドンドンドン。

チン。チュイン。

走る与一郎の足元の土が跳ね上がる。今度は狙いが下過ぎだ。ただ三度目の正直で次は命中しそうな気がして怖い。身を隠さねばなるまい。

わずかな窪《くぼ》みを見つけて飛び込んだ。体半分しか隠せないが、ないよりはましだ。そこに義介と弁造も相次いで逃げ込んできた。

ドンドンドン。ドンドン。

チュイーーン。チュイーーーン。

狭い窪みは押し合いへし合い状態だ。男三人、身を寄せ合って弾を除けた。

「つ、弦丸は？」

「味方の竹束に、入れて貰うのを見ました」

義介が答えた。

「お、女はええのう。身共が入ろうとしたら、偉い剣幕で睨まれたぞ」

安全な竹束の陰は、何処も過密なようだ。ただ、弦丸が実は女で、それも相当な美女であることは長秀家中では広まっている。こういうときには、厳《いか》つい大男よりも美女の方が、便宜を図って貰い易いのだろう。

「義介、山側に大筒二門を横に並べて置け、少しでも弾除けになる」

百匁筒も三十匁筒もかなり太い。特に百匁筒の太さは五寸（約十五センチ）以上もある。

「承知ッ」

「で、どうします？」

弁造が質した。その顔が赤土で盛大に汚れている。地面に必死で顔を伏せていたのだろう。

「どうするって……まだまだ森は遠いぞ」

与一郎は振り返って下方を見たが、ここから走り出て、森の中へと駆け込むまでには、斉射が二回は来そうだ。

「あ、奴らまた石を落とす気らしい」

弁造が指さす彼方、坂の上で今度は巨石を二個続けて落とす用意を始めた。

ドンドン。ドンドン。

攻城側も黙っていない。竹束の陰から数挺の鉄砲が火を噴き、巨石を押していた城兵が一人、二人とうずくまった。しかし、巨石はなおも押し出されてきて、やがて自らの意思で転がり始める。

ゴロン。ゴロン。

こうなったら、もう誰にも止められない。

ゴロンゴロン。ゴロンゴロン。

巨石が向かう竹束から、蜘蛛の子を散らすように兵たちが逃げ始めた。

ドンドンドン。ドンドンドン。ドンドンドン。

竹束の陰から敵兵が出てくるのを待ち構えていた城兵が、一斉に撃ちかける。

バタバタと倒れる長秀勢の後方で、巨石が竹束を「グシャッ」と踏み潰した。

「今や、走れ。森に逃げ込め」

与一郎が叫んで窪みから這い出した。弁造と義介も後に続く。味方が撃たれている隙に逃げるのは気が引けるが、今なら敵の注目は別の竹束に向いていて、与一郎たちは斉射を食らわずに済む。三人は走りに走り、遂には安全な森の中へと飛び込んだ。

(城側は竹束に備えて巨石を用意しとった。となると、わずか三百人でどうやってこの坂を攻め上るんや?)

と、楠の大木の根方にうずくまり、肩で息をしながら、与一郎は考えた。

信貴山城西斜面の攻撃、相当に難儀しそうな気配である。

六

不幸にして、与一郎の予想は的中した。長秀隊はある意味「手も足も出なくなった」のである。

「あんな巨石を、二十も三十も用意しとるはずがねェ。すぐに尽きるわい」

と、楽観視する向きもあるにはあったが、竹束を繰り出すたびに、似たような巨石が転がってきて、竹束を圧し潰し、長秀の家来衆を追い払った。

さらに夜は大変だった。なにせ長秀隊は三百人の寡兵である。曲輪直下の森の中で野営すると、城兵の夜襲を受けかねない。そこで毎夕、道無き森を四半里（約一キロ）も、重い竹束を担いで引き返し、高安城までの急勾配をよじ上り、守りを固めた上でようやく眠りにつく、そんな日課を繰り返さざるを得なかったのである。

十月五日に総攻撃が始まって以来、こうした苦戦が続いていたのだが、六日目の未明、異変が起こった。

十月十日の早朝。辺りはまだ暗い。与一郎たちが駐屯している高安城から見てほぼ正面、信貴山城の三ノ丸の辺りから、黎明《れいめい》の空を背景に白煙が上るのが見えた。やがて激しい銃撃戦の音、鬨の声まで聞こえ始めたのである。尾根の向こう側の出来事だから仔細《しさい》は不明だが、なにしろ大きな動きがあったようだ。

早速に長秀は、物見を山の向こう側へと派遣した。

物見が出発したのと入れ違いに、山向こうから秀吉の使番が到着したと聞き、与一郎も長秀のもとへと駆けつけた。

「申し上げまする」

若い伝令は、長秀の前で片膝を突き、秀吉の言葉を伝え始めた。

「今朝、信貴山城三ノ丸を守る一隊が内応、曲輪に火を放ち、二ノ丸へと鉄砲を撃ちかけておりまする。我が方からは筒井勢が三ノ丸と呼応し、大手門へと攻めかかってございまする」

と、使番は一気に述べ、さらに続けた。

「筑前守様は『同時に西麓からも攻撃し、敵の戦意を一気に喪失させしむべし』との仰せにございまする」

「筑前守様にお伝えせよ。小一郎、委細承知とな」

長秀が冷静に答え、そして床几からゆっくりと立ち上がった。

「今日こそ決着をつける。さあ、者ども出陣や、竹束を担げェ！」

　長秀の宣言に応え、高安城のあちこちで聞き耳をたてていた「者ども」が、一斉に雄叫びを上げた。

（ついに内応者が出たか……今日一日、面白くなりそうや）

　自分の天幕へと戻り、身支度を整えながら与一郎は考えた。織田本隊も大分攻めあぐねていたから、無理な力攻めをせず「内応を誘う」という奥の手を使ったものだろう。説得を担当したのは、大和国の守護である筒井順慶に相違ない。それが証拠に、三ノ丸の謀反に呼応して大手門を攻め、織田勢の先鋒を務めているのは筒井隊だ。

「殿、面頬はどうする？」

　甲冑を着けるのを手伝っていた弦丸が訊いた。面頬は顔面を守る防具だが、重く息苦しく鬱陶しいので、着けない者も多い。ちなみに、弦丸は面頬を気に入ってどこの戦場でも着けている。女として顔に傷を負うのが恐いのは勿論だが、弦丸の気質として、戦場で「女扱いされる」のが我慢ならないようだ。本日もすでに着用している。薄暗い中で見る分には、女であることは傍《はた》からは分からない。

「勿論着ける」

与一郎が答えた。

「本日は大詰めや。おそらく敵城に乗り込んでの格闘戦になる。皆も、着けられる限りの防具を着けておけよ。怪我するぞ」

と、三人しかいない家臣に告げた。

森の中から見上げる信貴山城の曲輪は静まっていた。

竹束は、五日間の戦いで壊されたり、作り直したりして、当初二十台あったものが、現在は十台を残すのみである。

長秀隊も竹束の使い方を大分工夫した。鉄砲隊や弁造の大筒、与一郎と弦丸の毒矢などの飛道具を各竹束に分散して配置するようにしたのだ。与一郎と弁造は、竹束を押す役目から解放され、只管《ひたすら》飛道具で城兵を倒すことに専念できる。飛道具を各竹束に分けて配置し、敵が巨石を落とそうとしたら、矢弾を多方向から集中させて石の運び手を倒すのだ。人数が不足すると六百貫（約二・三トン）もある巨石は立ち往生してしまう。なんとか頑張って石を落としたとしても、余裕がなく、狙いは不正確にならざるをえない。竹束のまったくない方向へと転がった巨石も、幾つかあったほどだ。総じて、苦戦しながらもかなり戦えるようにはなってきた。

「それいけェ！　死ねや者どもォ！」

長秀が、三つ鍬形の兜の上で采配を振り回すと、十台の竹束がシズシズと坂道を上り始めた。

「エイトウ、エイトウ、エイトウ」

武者押しの声が始まる。この五日間、毎日聞いてきた陰鬱なかけ声だ。味方である与一郎にさえ不気味に聞こえるのだから、攻められている城兵たちには、さぞや恐ろしげに——今からお前らを殺しに行くぞ、という声に——聞こえているはずだ。

（どうした鉄砲隊？　なぜ撃ってこない？）

いつ敵の斉射が来るのかと与一郎なりに身構えていたのだが——それが来ない。

悪夢に出てきそうな忌まわしい巨石も落ちてこない。

（あれれ？　もしや城兵は逃げ出し、曲輪の中は空なのか？）

そうは言っても戦は終わっていない。現に尾根の彼方からは、銃声と鬨の声が間断なく流れてくる。

「与一郎！」

隣の竹束について上っていた羽田六蔵が呼んだ。

「はいッ」

「大筒を射かけてみてくれ。様子が変や」

「承知ッ」

と、叫んでから弁造を見ると、すでに百匁筒の火蓋に親指をかけている。ニヤリと笑って頷いた。いつでも撃てるらしい。

「塵弾(散弾)か?」

「御意ッ」

「城兵を脅かし、刺激するだけでええ。土塁の縁の土を吹き飛ばすつもりで撃ち込んでやれ」

「承知ッ」

と、再び頷いてから、腰溜めの姿勢でドカンと撃った。

猛烈な炎が噴き出し、白煙がたち込め、銃口が空に向って跳ね上がる。その空は、いつの間にか夜が明けていた。

「どうです?」

「動きはない」

「もう一発、行きますか？」

「うん。今度は一発弾を込めろ」

一発弾——直径一・三寸（約四十ミリ）、重さ百匁（約三百七十五グラム）の球形の鉛弾である。その破壊力は無双で、城門を撃ち抜き、城壁を崩し、船底に大穴を開けた。大筒とか大鉄砲とか呼んでいるが、公正に見て「大砲」だ。つまり怪力の弁造は「大砲を手で抱えて撃って」いることになる。

「行きまっせ？」

「柵を狙え。柵を倒せば、城兵も黙ってないやろ……もし、居ればな」

「では」

と、会釈して再びドカンと放った。

ガタン、ガコン。

半町（約五十五メートル）先の土塁の上で、丸太で作られた柵が倒壊した。

「ん……」

なんの反応もない。これを見た羽田六蔵が進撃を命じた。

「曲輪に敵はおらん。竹束から出て、曲輪を占拠せよ！」

敵の矢弾や巨石が降ってこなければ、ただの坂だ。皆が我先にと駆け出そうとした刹那——

「待てッ。竹束から出るな！」

羽田六蔵の位置まで上ってきていた長秀が、突撃を止めた。

「与一郎、郎党を率いて物見ッ！」

「御意ッ」

万が一、敵の策だった場合を危惧《きぐ》し、念には念を入れるのが長秀の性分だ。

ただ、郎党と言われても、ここには三人しか連れてきていない。家禄四百石の軍役は十人だ。大石家は大筒やら毒矢で特殊な働きをするので大目に見て貰っている。決して人件費を吝《けち》っているわけではないのだが、こうして全軍に注目されると少し気後れする。今後はもう少し家来を増やそう。弁造以下三人を率いて竹束を出た。

「弁造、また鏖弾を込めろ。三十匁筒にもな」

「御意ッ」

すでに鏖弾を込めていたらしく、銃身を叩いてニッと笑った。

「弁造と義介が中央、俺が右、弦丸が左、互いに三間（約五・四メートル）は間を空けて上る」

「御意ッ」

「御意ッ」

「わかった」

(弦丸の阿呆が……こういうときぐらい、家来らしい言葉で返事せんかい)

四人で横一列に並び、斜面を上り始めた。

弁造は百匁筒を腰溜めに構え、与一郎と弦丸は毒矢を弦に番えた状態で、警戒しつつ曲輪へとにじり寄る。いつ土塁上に鉄砲隊の銃口が並ぶかも知れない。ジリジリしながら坂を上った。しかし結局、城兵が顔を出すことはなかった。土塁上には柵が並んでいて、そのうちの弁造が百匁筒で撃ち倒した箇所から曲輪内へと侵入した。

ギョッとした。

与一郎がいる一番下の曲輪は、周囲の曲輪から完全に見下ろされているではないか。もし敵の伏兵がいれば大石家は壊滅だ。信貴山城は曲輪の数が百以上もあり、魚鱗《ぎょりん》のように重なり合って並んでいる。互いに高低差もあるから、たとえ曲輪を一つ落としても、周囲の曲輪から矢弾が降り注ぎ瞬く間に全滅だ。

ただ、見上げる隣の曲輪から攻撃がくることはなかった。

「弦丸、一緒に来い。弁造と義介は、この曲輪内に簡単な陣地を築け。弾除け程度でええ」

二手に分かれた。身軽な弦丸と与一郎は助け合って土塁を上り、隣の曲輪へと進入した。ここも無人だ。

「おい、弁造」

与一郎が身を乗り出し、下の曲輪で陣地構築作業中の弁造に呼びかけた。

「長秀様に叫んでお伝えせえ。曲輪内は誰もおらん。隣の曲輪も空や」

静かなものである。この静けさと、尾根の彼方で今も続く砲声や鬨の声との対比が、なんとも不思議な気分にさせる。

弁造の報告で長秀隊がぞくぞくと上ってきた。

「幾つか周囲の曲輪も調べましたが、誰もおりません」

「どうゆうことや?」

与一郎の報告に、長秀が小首を傾げた。

おそらく籠城側は、三ノ丸が裏切った時点で「防衛線の縮小を決断したのではあるまいか」と与一郎は存念を伝えた。松永久秀は信貴山西側の曲輪を放棄し、二ノ丸と本丸に人を集めたのだ。

「有り得るな」

長秀の隣で羽田六蔵が頷き、長秀に質した。

「で、殿、どう致しまするか？」

「どうもこうもねェわ。我らも二ノ丸攻め、本丸攻めに、遅ればせながら参加するだけだがね」

「今からでござるか？」

六蔵が溜息を漏らした。

「尾根を越え、遅ればせながらも、やっとこさ駆けつけるわけですなァ。あまり武功を挙げられそうにもないですなァ、ハハハ」

長秀隊は五日の開戦以来、連日苦戦を強いられ、三百人の中から一割三十人もの死者を出している。彼らの死が無駄になるのかも知れない。

「六蔵……それをゆうなよ」

長秀が苦く笑った。この羽田六蔵という重臣、人柄は良いし、主人長秀への忠誠心も抜群なのだが、如何せん文武の才に関しては若干心許無《こころもとな》い。長秀の古い家来には、この手の人物が多いのだ。長秀は、今でこそ一万三千石の大身だが、元々は織田家内で軽視されていた秀吉の、そのまた家来である。大した人物は集められなかったのだろう。長秀が人材を求めて、与一郎や藤堂高虎を高禄《こうろく》で召し抱えた所以である。

七

結局、隊を二つに分けることになった。

主力は長秀が率いて尾根を越し、秀吉の本隊と合流する。残りの百人は羽田六蔵が率い、西側山腹の無人の曲輪群を、一つずつ検《あらた》めることになった。敗残兵や女子供、金銀財宝の類が残されていないか、確かめるお役目だ。与一郎は六蔵の寄騎《よりき》として西側に残り、弁造たちを率いて各曲輪を検めて回った。

「あ、これええなァ」

義介が、とある曲輪内に立つ小屋の中で、短刀を見つけた。漆塗りの鞘に象嵌《ぞうがん》を施された鎧通しである。敵の城内で遺失物を見つけて懐に入れるのは、兵士の役得だ。雑兵が戦場に出る数少ない楽しみの一つである。与一郎もとやかくは言わない。あまり五月蠅《うるさ》く叱っていると、誰も戦場に出てこなくなる。

ちなみに、鎧通しとは別名「馬手差《めてざ》し」とも呼ばれ、右腰に佩《お》びて携行する肉厚の頑丈な短刀だ。格闘戦時、敵の甲冑の隙間を狙って突き、止めを刺す必殺の武器である。

「馬手差しか……ええなァ。身共など、焼飯一袋だけやぞ」

と、焼飯が入った袋を示した。前の曲輪で弁造が見つけて持ってきたらしい。

「こら弁造、食い物は止めとけ。毒でも入れられとったらどうする？」

「殿、そんな陰湿な悪党、滅多におりませんぜ」

「滅多におらんかも知れんが、希にはおるのやろ？」

「そうなったら……運命ですわ」

「殿様……」

「なんや？」

と、背後の義介に振り向いたつもりが義介はいない。義介の代わりに小屋の入口から松永家のお貸し具足を着た足軽が覗いている。泥棒の弟子——虫若ではないか。

「なんやお前、こんなところでなにしとる？」

弁造が声を荒らげた。

「あの、オラは殿様に話があるんや」

弁造を警戒した様子で一歩後ろに下がった。

「なんで身共じゃダメなんや？」

「だって、あんた殴るから……」

「な、なんやとォ」

と、一歩踏み出そうとする弁造を与一郎が押し止めた。

「殴るのは話を聞いてからにせえ。おい泥棒、話ってなんや？　ゆうてみい」

「へいッ。オラ、本丸への抜け道を知ってます」

「まだゆうとるのか……」

さすがに呆れた。

「嘘に決まってる。泥棒で宿無しのガキのゆうことなんぞ、真に受けたらいかんです」

弁造、虫若には懐疑的だ。

「でも、前に『嘘は嫌い』ってゆうてたよ」

弦丸一人が少年を擁護する。

「嘘つきは自分を嘘つきとはゆわんもんや」

弁造が弦丸を論破した。

「そもそもこやつは新参者やと自分でゆうとった。どこの馬の骨とも分からん者に、大事な抜け道を教える阿呆はおらんわい」

「まあな。そう考えるのが普通や」

弁造の意見に傾きかける与一郎。

「殿様、オラたち泥棒には分かるんや」

形勢不利な虫若が、必死の形相で与一郎の左の籠手を摑んだ。

「建物の形を見れば、大体の縄張りが分かる。一度、小頭からゆわれて、本丸の武器蔵に火縄を取りに行ったのさ……」

その折、廊下の長さと、外壁の長さの違いから「これは隠し部屋があるな」と読み、小頭に振ると「ここだけの話な」と本丸からの抜け道の存在を教えてくれたという。

「小頭から聞いただけか？　実見したわけではないのやな？」

「抜け道に入ったことはねェ。でも、入口は知っとる。城の外から入れる」

「入り口だけか？　それがそのまま本丸に繫がっているとなぜ分かる？」

「小頭がそうゆうてた」

「その小頭はどうした？」

「昨夜、城から逃げた」

(に、逃げたんかい……信用ならんなァ。でも、もし本当やったら、敵城の本丸に一番乗りや……大殊勲やないかい)

「その入口に今から行けるのか？」

「ヘイ、勿論」

各々の立場は分かった。後は与一郎次第だ。三人の家来と一人の泥棒が与一郎を見つめた。

「虫若、もしその道が本丸に繋がっていなかったら、俺はお前の耳を削ぐぞ？」

「鼻でも耳でも削いでくれ。でも……」

「でも？」

「もし繋がってたら、オラを殿様の家来にして下さい」

(どうするか？　ひょっとすると一番乗りや。仮に話はこのガキの大法螺で、もし本丸に行きつけなくても、俺とすりゃ大した損にはならん)

「分かった。本当やったら召し抱えてやる」

「殿ォ……こやつ、泥棒でっせ」

辟易した様子で、弁造が与一郎の右の籠手を摑んだ。これで弁造と虫若に左右から籠手を摑まれた格好である。決断の時だ。

「お前かて山賊上がりやろ？」

「だからァ……山賊と泥棒は別物ですやんか」

「堅気《かたぎ》から見れば、似たようなもんや。よし、虫若、案内せえ」

と、泥棒に頷いて、山賊の手を振り払った。

驚いたことに、抜け道の入口には見覚えがあった。武野と名乗る武士に会った小川のすぐ上流だ。小規模な滝で、長秀別動隊が苦労した西曲輪土塁のやや下側である。

「これは……大当たりやもしれんぞ」

与一郎が弦丸に囁いた。

「あの夜、武野は抜け道を通ってここへ出てきた。夜釣りをするためにな」

「間違いないよ。釣りが終われば、抜け道を通って城へ戻れるもん」

弦丸が頷いた。

「よし弁造、羽柴家の旗を貸せ」

「御意ッ」

いつもなら左門の頭陀袋に畳んで入れてある三五《さんご》の桐《きり》を染め抜いた幟旗《のぼりばた》だが、今回に限っては細く畳んで弁造が具足の胴に巻いていた。もしこの穴が本当に本丸に続いていたとしたら、完全無欠の一番乗りである。目立つところで羽柴家の幟旗を振って武功を確定させるつもりだ。ちなみに、秀吉は生涯で二回定紋を替えている。木下藤吉郎時代は沢瀉《おもだか》を使っていた。羽柴秀吉時代に三五の桐に替え、豊臣姓を賜ったときに五七の桐紋に替えている。

流下する滝の裏側、飛沫《しぶき》を浴びながら、ゴロゴロと重なった石を幾つかどけると、人が這いつくばってやっと通れるほどの横穴が現れた。

「ず、随分と小さな穴やな」

巨漢の弁造が、不安げに呟いた。

「あまりデカい穴やと目立つし、不用心ですやろ」

義介が小声で応じた。

「身共、潜れるのかなァ？」

結論からいえば、身の丈六尺二寸（約百八十六センチ）、目方二十四貫（約九十キロ）の弁造は穴に潜れなかった。

「ああ、ダメや。入らねェ」

甲冑を脱いで挑んだが、肩がどうしても引っかかる。

（まったく、うちの家臣どもは……）

与一郎、心中で苦虫を嚙みつぶした。左門には「痩せろ」と言えるだけまだましだ。まさか弁造に「縮め」とは言えない。弁造はこの場で留守番である。不満だろうが仕方がない。

虫若が先に穴に入り、次に与一郎が苦労して入った。この狭さでは弁造が潜れないのも納得だ。内部は少し広くなっており、小腰を屈めれば、なんとか立てる。しかも目が利く。なんとなく薄明るい。

石が積まれた堅牢《けんろう》そうな隧道《ずいどう》が斜め上に向かい、どこまでも続いている。人一人が身を屈めてやっと上れる幅と高さだ。義介と弦丸が合流すると、虫若を先頭に坂を上り始めた。蜘蛛の巣が物凄い。先頭を行く虫若が掻き分け掻き分け難儀しながら進んでいる。

季節は初冬だ。すでに蜘蛛も店じまいしていようから、これは秋口までに張られた巣と思われた。

（この隧道、長い間使われていないようやな）

これだけの城である。抜け道ぐらい幾らも掘ってあるはずだ。

(おそらくここは、城兵からも忘れられたか、放棄された隧道なのやろ。当然、あの武野とかゆう爺さんも、ここを通ったのではないな)

いずれにせよここは敵の城だ。油断はできない。

「止まれ」

与一郎が小声で命じた。一行は足を止めた。

「義介、三十匁筒を寄越せ」

百匁筒は弁造と一緒に留守番である。どうせ百匁筒は、弁造以外、抱えて撃つことができない。与一郎は弓を義介に渡し、代わりに三十匁筒を受け取った。

「弾はなにを込めてある？」

「塵弾にございます」

「分かった」

敵兵がいるかも知れない。この狭い隧道の中で弓は使えないから、たよりは大筒だけだ。

隧道内で目が利く理由が知れた。半町（約五十五メートル）に一ヶ所の割で、壁に空気穴のような明かり取りのような、小さな窓が穿《うが》ってある。どうやら壁は薄いのかもしれない。

誰も喋らず、咳《しわぶき》一つせずに黙々と上った。

ずっと上り坂が続き、息が切れてきたころ、この隧道が放棄された理由も知れた。崩落である。天井の一部が崩れて隧道は完全に埋まっていた。

「どうする？　引き返すのか？」

弦丸が与一郎に訊いた。

「どうするかな……」

大きく崩れた天井と土砂の間に、わずかな隙間がある。

「虫若、お前、上って先の様子を見てみろ」

「へい」

と、土砂の壁を身軽に上っていき、先を覗いていたが、やがて下りてきた。

「駄目だ。ずっと先まで崩れとる」

「然様か……では、弁造のところに戻るか」

「殿、明かり窓の周りを掘り広げて、外に出られませんかね？」

義介が提案した。

「掘るにしても、道具がないぞ」

刀で掘ると、すぐに刀身が折れてしまう。弓も矢も役に立ちそうもない。三十匁筒を撃つなど最悪だ。

「拙者、鎧通しを持っておりまする」

と、最前の鹵獲品《ろかくひん》を誇らしげに示した。馬手差しなら肉厚の短刀だから、土を掘っても簡単には折れまい。

「やってみろ」

「御意ッ」

と、明かり取りの周囲を鎧通しで崩し始めた。義介が疲れると、与一郎と弦丸が交代し、代わる代わる掘った。四半刻（約三十分）ほどで、明かり取りは大分大きくなったが、まだ頭が入る程度だ。さらに四半刻掘って、ようやく人が潜れるほどの穴にまで拡がった。

「虫若、物見して来い……まず、ここはどこか？　本当に本丸なのか？　その辺を確かめてこい」

虫若は、松永家のお貸し具足を着ている。ウロウロしていても怪しまれることはあるまい。少年は身軽に穴から這い出して姿を消した。

「ええか。もしここが本当に本丸だったら、俺でも義介でも弦丸でも誰でもええ。

城門か矢倉の上に、羽柴家の幟旗を掲げて振り回せ。三五の桐紋を見せつけるんや。それを寄せ手の織田勢が認めれば、俺らの一番乗りが確定や」

「加増されるね」

「ああ、倍増の八百石……や、千石取りも夢やない」

「殿様、ここは確かに本丸や」

穴の外から、虫若が叫んだ。

「信貴山城の本丸で間違いない。これでオラを家来にしてくれるな？」

「おう、虫若でかした。家来にでもなんでもしてくれるわ」

と、穴から這い出した。

そこは、本丸の西側に聳える石垣の中程であった。天井の崩落で石垣も破損したらしい。

なかなかの高度感だ。下方に見える森までの高度差は優に五丈（約十五メートル）はあるだろう。四半里（約一キロ）彼方には、谷を隔てて今朝発ってきた高安城の土塁が望まれた。

陽は大分西の空に傾いてきている。夜になるのを待つかとも考えたが——

ドンドンドン、ドンドンドンドンドン。

左手から銃声と鬨の声。見れば攻城戦の真っ最中だ。本丸の城門に、織田勢が押し寄せている。黄色地に永楽銭《えいらくせん》を染めた織田家の幟旗に交じって、軸梅鉢《じくうめばち》の紋を染めた幟旗が目につく。軸梅鉢——筒井順慶の定紋だ。筒井勢はすでに二ノ丸を抜き、今は本丸に殺到しているようだ。悠長に構えてはいられない。城門が破られれば、軸梅鉢紋が本丸内に雪崩《なだ》れ込んでくる。そうなってから三五の桐紋を掲げても、一番乗りとは認められない。

「俺がまず石垣の上に出る。安全を見切ったら声をかけるから、一人ずつ上って来い」

「承知ッ」

傍らの石垣にへばりついている虫若と、まだ穴の中にいる義介と弦丸が同時に答えた。

石垣は急峻だが垂直ではないし、自然石を積んだだけの野面積《のづらづ》みである。手掛かり足掛かりが十分にあって上り易い。息を弾ませながら石垣を上った。

石垣を上り切り、人影のないことを確認した上で、初めて本丸内に足を踏み入れた。まばらに生えた松の梢を透かして見上げれば、堂々たる四重の天守が聳えている。デカい。

腹這いになり、石垣の下の家臣たちに声をかけようとした刹那——十数名の殺気立った足音が聞こえた。明らかにこちらへ向けて駆けてくる。

(糞ッ、見張られてたのか)

下に声をかけるのを止め、ゆっくりと身を起こし、片膝を立てて悠然と地面に座った。見つかったからには、開き直るしかない。

一斉に十数本の槍が突き付けられた。これでは動けない。

「何者か⁉　敵か」

蜻蛉《とんぼ》の前立の兜武者が誰何《すいか》した。

「敵とゆうても、二ヶ月《ふたつき》前までは味方やったやろ？　俺は羽柴筑前守様の家来で大石与一郎ゆうもんや」

「隧道を通ってここまで来たのか？」

「そうや……俺は筑前守様の使者や。弾正少弼様（松永久秀）に我が殿からの親書を届けに参った」

と、己が甲冑の胸辺りを掌で二度叩いた。元より、親書など預かっていない。

「決して、松永家の方々に不利になるような話ではない」

「では、その親書とやら、拙者が預かろう」

致したい」

「そうは参らん。口頭でお伝えすべきこともある。直接、弾正少弼様にお目通り

「……」

このハッタリだが、羽柴筑前守の名が利いた。落城寸前の城主に親書を送り便宜を図ろうとする――如何にも曲者《くせもの》の秀吉がやりそうな策だ。二ケ月《ふたつき》前まで織田家に属していた彼らが知らぬはずもなく、与一郎の大法螺を信じた。

八

刀と脇差を没収された上で天守内に誘《いざな》われ、最上階の望楼で、松永久秀に拝謁した。甲冑姿なので平伏は出来ない。床に拳を突いて会釈した。顔を上げて、双方どちらからともなく「あ」と声が出た。

「ほう、お前は……どこかで見た面やな？」

「半月ほど前、茶色の兎をお買い上げ頂き申した」

やはり、あの折の「武野と名乗る老武士」は松永久秀本人であったようだ。論より証拠で、影のように付き従っていた陣羽織姿の鎧武者もいる。

久秀は甲冑を脱ぎ、直垂姿で、陣羽織の鎧武者と相協力し、黒い粉を一尺半（約四十五センチ）ほどの鋳物の平釜に詰めている。詰める一方から、擂粉木《すりこぎ》のような長い棒でトントンと突き固めた。

「ああ、そうか、あの折のな……腕と面はええが、頭はトロい亭主殿や」

と、久秀が作業の手を止めた。

「ぎょ、御意……」

言いたいことは山ほどもあるが、状況が状況だ。一応は頷くことにした。

周囲の武士たちは、己が主人と秀吉の密偵が顔見知りだと聞き驚いている。

陣羽織の鎧武者は黙々と作業を続けていた。

「聞いての通り、この者とワシは昵懇《じっこん》の仲や。吉兵衛《きちべえ》もおることとやし、この世の名残に、少し話しておきたいこともある。すまないが、席を外して欲しい」

そう言って、家来たちを下らせた。与一郎と松永久秀と鎧武者の三人切りになった。鎧武者の名は、吉兵衛というらしい。

ダンダンダン。ダンダン。

「エイッ。トウトウトウ。エイッ。トウトウトウ」

大きく開かれた障子の彼方から、銃声と本丸の城門に押し寄せた織田勢の武者押しの声が沸き上がってくる。

「で、今日はなんや？　また兎でも獲れたのか？　あの別嬪《べっぴん》の嫁は連れて来なんだのか？」

そう言いながらも、吉兵衛共々、平釜に黒い粉を詰める作業を再開した。

「あの、弾正少弼様、それは……なにをされておられるのですか？」

「あ、これね……火薬じゃよ。お前は知っとるか？　そもそも火薬というものはな……」

黒色火薬は普通に火を着けても、ボソボソと燃えるだけで激しい爆轟《ばくごう》を起こすことはない。よく突き固めて初めて、爆発的な燃焼が起きるのだ。

火縄銃や大筒も同様で、銃口から黒色火薬を入れ、槊丈《かるか》で突き固めた上で鉛弾を装塡、発砲する。

「それは存じておりまするが……随分と量が多いのかな、と」

「そりゃあ、多くせねば……なにせこの天守を吹き飛ばすんじゃからのう」

「えッ」

サラッと、もの凄いことを言っている。

「腹を切ったって痛いばかりで、趣きもなにもない。その点、この大量の火薬入りの平釜を抱いて火を着ける……ボン！」

また作業の手を止め、今度は両手を広げ、おどけてみせた。

「大爆発が起こり、この天守と平釜と松永久秀はバラバラ、一片の塵芥《ちりあくた》へと帰するのよ」

「殿」

ここで今日初めて、吉兵衛が言葉を発した。あの夜に聞いた重厚な声だ。

「吉兵衛も塵芥となり申す」

「そうよ。ワシとお前は、一緒に塵芥になるのよ、へへ、へへへ」

「ハハ、ハハハハ」

「へへへへへ」

老人二人が目を見交わし、嬉しげに笑っている。おそらくは主従関係を越えた長年の朋輩なのだろう。

「どうじゃ猟師、痛快じゃろ？」

「な、なかなか……」

どう答えていいのやら、よく分からない。

「そうでもせねば、あの糞忌々《いまいま》しい信長には通じんやろ」

「やはり信長公への御不満が、御謀反の動機ですのか？」

「不満といおうか……」

ここで少し考えている風だったが、やがて――

「夜釣りの折、ワシが『漢の振舞いの裏には、表面上の景色とは違う、また別の意思が隠れておる』とゆうたことを覚えておるか？」

「はい、覚えておりまする」

「つまり、あれよ」

「なるほど」

「ほう、分かるのか？」

「や、分かりません」

「お前は……ま、ええわ。よう聞いておれ」

と、一人語りを始めた。

「ワシが最も愛した物、それは自ら長年手塩にかけて築いた多聞山城よ」

奈良盆地の北の出入口を睨む、広さ一町（約百九メートル）四方、比高十丈（約三十メートル）ほどの小ぶりな平山城である。室町将軍の屋敷「花の御所」を模した壮麗な建築様式と、多聞櫓《たもんやぐら》や天守などの先進性を見事に調和・融合させていた。

「あれはワシの宝やった。あの信長が築いた品のない、見映えだけの安土城とは比べ物にならぬほどに、それは美しい城であった。皮肉なことに、信長にはその格の違いが判《わか》るのさ。お前の主人辺りだと、気づかぬところだろうがなァ」

(ここで一々、秀吉公を持ち出さんでええやろ。爺さん、因果な性格や)

「かくて嫉妬に狂った信長は、多聞山城の破却を命じた。しかも、あろうことか破却を仰せつかったのは我が子久通……明らかに信長によるワシへの当てつけよ。そこまで虚仮《こけ》にされて、お前ならどうする？」

「さあ、なにせ頭がトロいもので、分かりかねまする」

と、不貞腐《ふてくさ》れて答えたが、久秀は知らぬ顔で一人語りを続けた。

「この七月に破却が終わるのを待ち、ワシは一ヶ月《ひとつき》後の八月に謀反を起こした。そして今、戦では敗けたが、信長が欲してやまないこの平蜘蛛の茶釜を微塵に粉砕し、ともに果てようと思っておる。これで五分さ。分かるな？」

(ほう、この平釜はそんな大層なものだったのか)

「や、よう分かりません」

分からないというより、納得できないでいた。

(結局のところ、信長との道楽上の確執から、久秀は謀反を起こしたとゆうことかい。道楽者同士の競い合いの果てに、百人、千人の父親や倅、亭主が命を落とし、多くの女房子供が涙に暮れるんや。たかが趣味嗜好《しこう》ではないか……ちったァ辛抱せェよ)

「おい猟師、お前の名を聞いておこうか」

「名乗るほどの者ではございません」

久秀の考えを拒絶する気持ちが強く、名乗る気にはならなかった。

「そうか……ならば早々にいね。ようやく平蜘蛛《ひらぐも》の釜も火薬で満ちた。後は火を着けるばかり。早う逃げねば、この天守の倒壊に巻き込まれるぞ」

「で、では御免ッ！」

と、会釈だけして跳び上がった。

(因業《いんごう》な爺さんの巻き添えで命を落とすのはまっぴら御免や。無駄死にや)

と、階段に急いだ。

(そもそもやな……)

急勾配の階段を駆け下りながら考えた。

(秀吉公と柴田勝家の色恋沙汰もそうやが、爺様方はとかく身勝手に過ぎる。上

に立つ者から私情を前面に押し出されれば、下の者、若い者はやっとれんわい）

天守の階段は狭く、かつ急だ。多くの家臣たちが下りるので、渋滞が起こっている。誰もが爆発に巻き込まれたくはないのだろう。

（ふん。皆逃げ出しとるやないか……それだけ、久秀に人望がなかったということや。主人失格や）

仕える主人を幾度も替えた与吉こと藤堂高虎は「長秀様に勝る主人はなかなか居らん」と力説していた。魔王と怖れられる信長でも、出頭人の秀吉でもなく、平々凡々たる長秀を推したのである。

与一郎の脳裏に長秀の福々しい容貌が浮かんだ。

（ま、あのお方なら、道楽や私情の部分で、家臣や配下に無理を命じたり、無謀な謀反につき合わせたりはしないやろな）

次に与一郎は、昨年の木津川口海戦で死んだ家臣のことを思い出していた。かつて「大石家に仕えて良かった」と言ってくれた東八は、死の間際も無理をして与一郎に微笑みかけてくれた。与一郎も東八が息絶えるまで、傍らで励まし続けたのである。

（なるほどね）

主従関係は人と人との繋がりだ。人として家来に向き合える主こそが、まっとうな主人なのだと与一郎は思い当たった。

(ま、俺は俺の主人道《あるじどう》を愚直に歩むだけや。決して難しいことやない。家来たちに、同じ人として向き合えればそれでええんやからなァ……浅井長政公と俺ら家来たちとの間柄もそういう感じやったわ)

「ああ、長秀様は、どこか長政公に似ておられるわ」

と、思わず口に出してしまったところで天守の外に出た。

見れば本丸の城門が突破され、軸梅鉢の幟旗が数多、気色ばんで駆け込んでくる。筒井勢だ。

(糞ッ、これで俺らの一番乗りはナシやな)

と、落胆しつつ、弦丸たちの待つ隧道の方へと駆け出した瞬間――

ドッカ――――ン。

天守の最上階が爆発、炎上し始めた。与一郎は足を止めて振り返り、しばらく紅蓮《ぐれん》の炎に包まれていく天守を眺めていた。

(身勝手な爺さん、今死んだんやなァ。爺さん……)

ここで与一郎は燃える天守に向かい少しだけ頭《こうべ》を垂れた。

（俺の名は……大石与一郎や）

と、心中で呟き、やがて隧道を目指して走り始めた。

松永久秀は平蜘蛛の茶釜と共に爆死して果てた。

奇《く》しくも、久秀が東大寺の大仏を焼いた日は、ちょうど十年前の今日——永禄十年（一五六七）十月十日であった。織田方の兵士たちは「焼かれた大仏の意趣返しや」「大仏様からのお仕置きや」と囁き合ったという。

「この平蜘蛛の釜と我が首の二つは、やわか信長に見させるものかは」

——との辞世の句が残された。

終章「全軍西へ！」

信貴山城が落ちたわずか十三日後の天正五年（一五七七）十月二十三日には、早くも秀吉は中国攻めの総大将として出陣した。大和国信貴山城を発ち、領地の長浜に帰ることもなく西へと進み、摂津国を経て、播磨国姫路城にまで一気に進む目論見だ。都合三十里（約百二十キロ）の行軍である。

信貴山城西曲輪を攻めた長秀隊も同道しており、勿論、大石家の面々もその中にいる。

「これ左門、しゃんとせェ。お前、いつまでしょげ返っとるか！」

雪風の鞍上から与一郎が、肩を落として歩く左門を叱った。

「す、すみませんでござる」

左門は顔を上げてわずかに笑顔を見せたが、頭陀袋を背負い直すと、またうつむいて歩き出した。歩き方がどうみてもトボトボだ。生気を感じられない。

「山城を攻めるには竹束が要る。その竹束を転がすには、お前の膂力がどうしても必要になってくるんや。なんぼでも活躍の場はあるよ」

百匁筒と三十匁筒を担ぎ、悠然と傍らを歩く弁造が、左門の肩を叩いて励ました。

「はあ、そうでござるなァ……でも」

「でも？」

「竹束を押すぐらい、足軽にでもやらせとけばええことでござろうし」

「あれ、左門さん、足軽のなにが悪い？」

と、背後を半弓を抱えて歩く足軽装束の弦丸が口を尖らせた。

「や、別に、あんたのことをゆうとるわけやないから」

歩きながら左門が振り返り、弦丸に詫びた。

義介が雪風の轡をとり、新参の虫若は最後尾を持槍二本と六角棒を抱え、重荷に喘ぎながら付いてくる。持槍二本と六角棒——合計で三・五貫（約十三キロ）ほどの重量か。十二歳の少年には若干重た過ぎる。

「どれ、俺が持ってやる。弁造の六角棒を寄越せ」

と、与一郎が声をかけたが、弁造がそれを制した。

「ええんですよ。甘やかしちゃいけません。あれぐらいで音を上げるようじゃ戦場では役に立たん。辛かったらいつでも辞めればええんや。家来の中に泥棒がいるなんて、外聞が悪いや」

弁造は虫若が気に入らない。辛く当たることで、逃げ出すのを待っている。

「弁造、そうゆうがな」

鞍上から与一郎が声を潜めて囁いた。

「俺は殿から四百石頂いとる。軍役は十人や。少なくとも後一人、二人は召し抱えねばならん。虫若が辞めたら、三人探さねばならんぞ」

秀吉は信長の家来だ。長秀は秀吉の家来で、与一郎はそのまた家来だ。更にその与一郎の家来に「なりたい」と感じる者が幾人いるだろうか。

「なんとかなりますよ。泥棒と一緒に暮らすよりはましや」

元山賊の弁造、元泥棒の虫若をここまで嫌うのは、同族嫌悪のようなものか。

姫路城は本来、播磨国の有力国衆《くにしゅう》小寺家の持ち城であるが、城番であるはずの黒田官兵衛が小寺家を見限って秀吉側につき、姫路城を差し出し「自由に使って頂きたい」と申し出た。

　その姫路城を拠点として、電撃的に播磨国を抑え、北方の但馬国までを獲るのが秀吉の方針である。

　信貴山城を発って七日目の十月二十九日、秀吉勢は姫路城に入った。往時の姫路城は今ほどの巨城でこそないが、決して砦や山塞《さんさい》といった仮設の城ではなく、姫山を中心に一応の近代城郭の体《てい》を成していた。官兵衛とその父親の代で拡張したものらしい。

「やあ、与一郎」

　城門を潜《くぐ》ると、この八月から黒田官兵衛の指揮下で、但馬国の情報を集めていた藤堂高虎が声をかけてきた。

「おお、与吉……お前、髭を生やしたのか？」

「うん、似合うか？」

「ま、貫禄が出たな」

　弁造ほどではないが、高虎も身の丈が六尺（約百八十センチ）はある。この時代の男性の平均身長は五尺二寸（約百五十六センチ）程度だから、六尺あれば相当な大男だ。その彼が口の周囲に黒々と髭を蓄えると、ほとんど熊である。

　姫路では顔の利く高虎に、与一郎は「新たな家臣を召し抱えたい」旨を告げた。

「新規にな？　足軽か？」

「足軽でも、小者でもええ。なにしろ人柄と根性が大事や。壮健で槍が使えると助かるなァ。後、馬鹿は困る」

「阿呆ッ。そんな好条件な足軽、なかなかおらんぞ」

「ま、そうやろな」

少し欲張り過ぎたようだ。結局、人柄と健康だけを条件にして、他は目を瞑ることにした。

「播磨か但馬の出身者がええな。お前らにとっては未知の土地や。事情通が居った方が安心やろ」

「そらそうや。一つよろしく頼むわ」

と、朋輩を拝んだ。

今や高虎は、羽柴家内にあって、播磨国と但馬国の事情通である。参謀として長秀の傍から離れない。与一郎としては、朋輩の高虎に先んじられて、大いに悔しいのだが、彼には足軽を斡旋《あっせん》して貰わねばならない。

（考え方一つや。朋輩が出世したら、腹の奥底では兎《と》も角《かく》、表面上は大いに喜ぶべし。そうやって懐が深い大人物を装っていれば、いつか自分にもええ潮が回っ

てくる……そう思うに如《し》かずや）
秀吉は、隊を二手に分けることにした。秀吉自身は本隊を率いて西へと進み、上月城を落とす。長秀は別動隊三千を率いて円山川《まるやまがわ》に沿って北上する予定だ。生野峠から但馬国へと侵入、まずは竹田城を落とし、生野銀山の支配を確保する。銀山からの収入は、今後、秀吉軍の財政を支えてくれるだろう。
与一郎は、三千人を率いる長秀の将器を見極めようと思っている。人として信頼できることはほぼ間違いないが、乱世にあっては強くなければ生き残れない。そしてもし、長秀こそが「仕えるべき主人」だと確信できたら、その時は、忠義に対する一切の迷いを捨て、浅井長政公に従っていたときと同じ気持ちで長秀に仕えよう——そう心に誓っていた。

主人の主人から呼び出された。長秀にも言わずに「一人で来い」との由だ。

「大石与一郎、参りました」

姫路城内、秀吉の居室前の広縁に畏まった。

「おう、ようきたなァ。信貴山城での活躍、長秀から聞いとるぞ」

「ははッ」

正直嬉しかった。秀吉からの評価が上がったことよりも、自分の武功を長秀が秀吉に伝えてくれていること自体を有難く感じた。

「でな、武功抜群のおまんさに、一つ働いて貰おうと思うてなァ」

「頑張りまする！」

と、会釈した。繰り返しになるが、甲冑を着ていると平伏はできない。

「うん、おまんさには、ここから岐阜に引き返して貰う」

「ぎ、岐阜へ？」

嫌な予感がする。

「ほうだがや。姫路の名物をいろいろと揃えたのよ。で、於市御寮人に届けてもらおうと思ってな。今度こそ、色よい返事が欲しいところだわなァ、ガハハハハ」

「や、しかし……」

与一郎は慌てた。

「お、奥方様との縁談は『無かったことにせよ』と仰せでは？」

「たァけ。男と女は『駄目だァ』と思ってからが勝負やがな。『無い話』を『有る話』に変えるのが、おまんさァの腕やがね」

「オネ様のことは、如何なさいますのか？」

「だからよォ。方針を変えたんや。於市御寮人を妻にしようとは思わん。ただ、一夜限りの逢瀬を楽しみたい。それで我慢する」

（で、出たな……助平猿）

「一夜限りならよォ、別に女房殿だって大目に見てくれるがね、ゲヘヘヘヘ」

「や、あの……」

「今から早速、岐阜へ発て」

「あの……その儀ならば……」

「その儀ならば？」

「お、お断り致しまする」

と、頭《こうべ》を垂れた。

「な……」

書院内に重苦しい沈黙が流れた。

キ――ッ。キ――ッ。

姫路城の庭の紅葉はあらかた散っており、梢で鵯《ひよ》が盛んに鳴き交わしている。

「おいワレ……正気でゆうとるのか？」

――低く、どすの利いた声が戻ってきた。

※本作はフィクションです。登場する人物・団体・事件等は、実在のものとは必ずしも一致しません。

本書のプロフィール

本書は、小学館文庫のために書き下ろされた作品です。
協力　アップルシード・エージェンシー

小学館文庫

信貴山忠義《しぎさんちゅうぎ》

北近江合戦心得《きたおうみかっせんこころえ》〈五〉

著者　井原忠政《いはらただまさ》

二〇二五年三月十一日　初版第一刷発行

発行人　庄野　樹

発行所　株式会社　小学館

〒一〇一-八〇〇一
東京都千代田区一ツ橋二-三-一
電話　編集〇三-三二三〇-五九五九
　　　販売〇三-五二八一-三五五五

印刷所——中央精版印刷株式会社

この文庫の詳しい内容はインターネットで24時間ご覧になれます。
小学館公式ホームページ　https://www.shogakukan.co.jp

ISBN978-4-09-407445-1